검은 옷의 신부

월리엄 아이리시 지음 / 한국추리작가협회 옮김

The Bride Wore Black
William Irish

비너스처럼 아름다운 여인이 등장하면서 벌어지는 살인극. 서로 다른 장소에서 예상치 못했던 네 사람이 차례차례로 죽어가고, 여인은 유령처럼 사라진다. 이 여인은 어떤 과거를 가지고 있기에 이토록 처절한 복수극을 벌이는 것일까……?

뉴욕 경찰본부의 웽거 형사는 여인이 남기고 간 흔적을 찾으려 하지만, 수사의 방향은 점점 더 높은 벽에 부딪히고 만다.

차 례

이름을 버린 여자 • 17
수수께끼의 금발 미인 • 22
추락한 남자 • 28
흑인 청소부 • 37
꿈 같은 밤 • 41
흩어진 분가루 • 48
불길한 전보 • 56
유치원 선생님 • 63
엄마는 대소동꾼 • 69
새카만 밀실 • 77
완고한 형사 • 83
알리바이와 고백 • 88

차 례

이상한 모델 • 105
어디선가 본 얼굴 • 113
위험해! • 122
증인의 권총 • 131
살해된 네 사람 • 136
추리 문답 • 142
소설가와 소녀 • 147
떠들썩한 별장 • 155
겨누어진 총구 • 164
변장 • 169
허망한 복수 • 177
작가와 작품에 대하여 • 182

첫 번째 살인—회사원인 블리스의 약혼식 날, 블리스는 고층 빌딩 테라스에서 떨어진다. 그는 여성용 스카프를 손에 쥔 채 죽어 있었다.

경찰은 약혼 파티에 불청객으로 찾아왔던 아름다운 여인을 찾아 나선다. 하지만, 그녀는 연기와도 같이 사라져 버리고 말았다.

두 번째 살인—싸구려 호텔방에서 한 남자가 독을 마시고 죽는다. 하지만 그 남자는 죽는 그 순간까지도 황홀한 꿈을 꾸고 있었다.

경찰은 죽은 남자의 방에 찾아왔던 비너스처럼 아름답고 황홀한 여인을 찾아 나선다. 하지만 그녀는 꿈속의 이야기처럼 감쪽같이 사라져 버리고 말았다.

세 번째 살인—한 남자가 자기 집 차고 속에 갇혀 질식해서 죽는다. 그는 아들의 유치원 여선생의 반지를 찾고 있었다.

경찰은 죽은 남자의 집에 찾아왔던 가짜 유치원 여선생을 찾아 나선다. 그녀는 경찰에 전화까지 걸고서, 자기가 범인임을 밝힌다. 하지만, 그녀는 마치 유령처럼 모습을 감추어 버리고 만다.

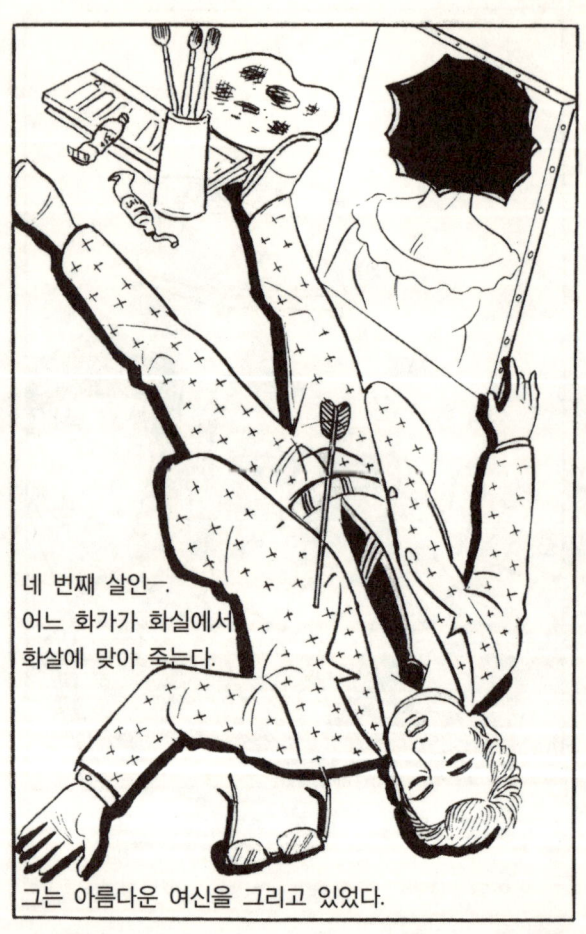

경찰은 화가가 그리던 여신과 같이 아름다운 모델을 찾아 나선다. 하지만, 그녀는 불태운 그림처럼 완전히 사라져 버리고 말았다.

다섯 번째 살인— 어느 유명한 추리소설가의 별장에 찾아온 의문의 처녀. 그녀에게서 죽음의 냄새가 풍겨 나오기 시작했다.

주요 등장인물

줄리 - 검은 옷의 신부

블리스 - 27세. 착실한 회사원

웽거 - 뉴욕 주 경찰본부의 주임 형사

코리 - 블리스의 친구. 현대풍의 야성적인 남자

퍼거슨 - 젊고 야심에 찬 유명한 화가

캐머런 - 여고생 같은 모습의 발랄한 처녀

이름을 버린 여자

줄리라는 여자가 뉴욕 중앙역에서 기차표를 사고 있었다. 옆에는 친구인 앤드리가 줄리의 여행가방을 손에 들고 기다리고 있었다.

"너, 도대체 어딜 가려는 거니?"

"모르겠어. 지금껏 생각해본 적도 없어."

줄리는 핸드백을 열었다. 지폐뭉치 두 개가 들어 있었다. 그녀는 작은 뭉치 쪽에서 돈을 끄집어내어 매표구로 들이밀었다.

"이 정도 돈이면 어디까지 갈 수 있을까요? 보통 열차라도 좋은데……."

"시카고까진 갈 수 있습니다. 거스름돈은 90센트고요."

"그럼, 시카고까지 한 장 주세요."

그녀는 그렇게 말하고 앤드리를 돌아다보았다.

"내가 이렇게 시카고행 기차표를 샀다는 사실을 사람들에게 알릴 거야?"

"글쎄, 뭐 네가 원하지 않는다면 아무 말도 하지 않겠어, 줄리."

"상관없어. 두 번 다시 돌아오지 않는다면 내가 어딜 가든 문제 될 게 없을 테니까."

줄리는 잠시 대합실 벤치에서 휴식을 취했다. 그러고는 플랫폼으로 내려가 열차의 승강구 아래 멈춰 서더니 불쑥 이렇게 말했다.

"이별의 키스를 해줄 테야, 소꿉친구끼리……."

둘은 가볍게 입을 맞추었다.

앤드리는 슬픈 표정이 되었다.

"내가 무슨 말을 해야 하지?"

"그냥 '안녕'이라고만 해줘……. 아니면, 이럴 때 할 수 있는 다른 말이라도 있어?"

"줄리, 난 또다시 너를 만나고 싶어."

"안 돼, 그건."

줄리는 머리를 흔들고 미련 없이 열차 안으로 모습을 감추고 말았다.

열차는 움직이기 시작하더니 이내 긴 터널 속으로 빠져 들어갔다. 그러고는 다시 밝은 곳으로 나와 높다란 빌딩 숲을 스치며 고가선을 달려나갔다. 그리고 속도를 미처 다 내기도 전에 열차는 어느새 다음 역에 도착했다.

줄리는 여행가방을 선반에서 내리고 자리에서 일어섰다. 여행은 이제 막 시작한 거나 다름없는데도, 그녀는 마치 목적지에 다다른 듯한 얼굴로 열차에서 내렸던 것이다.

줄리는 역 매점에서 신문을 사 들고 대합실 벤치에 걸터앉아 광고 면을 펼쳤다. 보기 쉬운 크기로 신문을 접어 '셋방 안내' 부분을 손가락으로 훑어 내려가다가, 무심코 짚이는 곳에 아무렇게나 손톱으로 표시를 했다. 그러고는 택시 정류장 쪽으로 향했다.

"이 집까지 데려다 주세요."

줄리는 신문에 표시한 부분을 운전사에게 가리키며 말했다.

택시는 곧 가구가 딸린 셋방이 있는 그 집에 당도했다.

"괜찮은데요. 그럼, 2주일치 방세를 내겠어요."

줄리는 제대로 방을 살펴보지도 않고 여주인에게 말했다.

여주인은 영수증을 쓰려고 얼굴을 들고 물었다.

"저어, 이름이 뭐죠?"

줄리는 자기 여행가방을 힐끔 쳐다보았다. 두 개의 쇠장식 사이에 예전에는 금빛으로 반짝반짝 빛이 났을 머리글자가 희미하게 흔적을 남기고 있었다. 그것은 'J. B.'라는 글자였다.

"조세핀 베일리예요."

줄리는 거짓 이름을 댔다.

"그럼 영수증을 받으세요. 이 방이라면 차분히 쉴 수 있을 겁니다. 욕실은 복도 끝에 있어요."

"고맙습니다. 나중에 가보죠."

줄리는 여주인이 나가자 문을 닫고 자물쇠를 채웠다. 그리고 모자랑 윗도리를 벗고 나서 여행가방을 열었다. 불과 5km 남짓한 여행을 하기 위해서 짐을 가득 채운 가방이었다. 더구나 이 여행은 그녀에게 있어 생애의 마지막이 될지도 모르는 것이었다.

그녀는 세면대로 걸어가 발돋움을 하고서 선반 위를 살펴보았다. 그러자 그곳에는 그녀의 예상대로 그전에 세들어 살았던 남자가 놓아둔 면도날 한 개가 녹이 잔뜩 슨 채 얹혀 있었다.

줄리는 그 면도날로 희미하게 남아 있었던 가방의 머리글자를 깨끗이 벗겨 내버렸다. 그러고는 가방 속을 마구 휘저어서 겉옷이며 블라우스며 속옷에 수놓아져 있던 이름을 모조리 뜯어내 버렸다.

이것으로 여행 소지품에 붙어 있었던 표적은 흔적도 없이 사라지게 되었다. 과거의 '줄리 베넷'이라는 여자는 깨끗이 지워진 것이다.

줄리는 면도날을 휴지통에 버리고 손끝을 말끔히 닦아냈다. 그런 다음 가방에서 남자 사진을 한 장 꺼내어 잠시 물끄러미 바라보았다.

별로 미남도 아니며, 오히려 흔한 얼굴의 젊은 남자 사진……

이윽고 줄리는 그 사진을 세면대로 들고 가서 성냥을 켜서 태우기 시작했다. 완전히 다 타버릴 때까지 그녀는 사진의 끄트머리를 살짝 쥐고 있었다.

"안녕, 닉!"

속삭이듯이 그녀는 말했다.

재투성이인 세면기 속을 물로 깨끗이 씻어낸 뒤, 그녀는 가방이 놓여 있는 곳으로 되돌아왔다. 그러고는 뚜껑 안쪽에 달린 주머니에서 종이쪽지 네 장을 끄집어냈다.

한 장마다 사람 이름이 연필로 적혀 있었다.

"이 네 사람의 이름을 찾아내느라 얼마나 고생했는지 몰라……"

줄리는 혼잣말을 하며 잠시 동안 종이쪽지를 만지작거렸다. 그러고는 네 장 모두 뒤집은 채로 경대 위에 놓고 손가락 끝으로 빙빙 돌리면서 뒤섞어 놓았다.

마침내 그녀는 점이라도 치려는지 그중 한 장을 집어 앞면으로 뒤집고는 힐끔 이름을 쳐다보았다. 그러고는 다시 한 번 네 장을 모두 간추린 뒤 세면기 속에서 태워 버렸다.

그녀는 창가로 가서 커튼 자락을 쥔 채 물끄러미 창 밖을 내다보았다. 무엇인가에 가슴을 짓눌린 듯한 몹시 뜨거운 눈길이었다.

수수께끼의 금발 미인

회사원인 블리스가 자기 아파트로 돌아온 것은 새벽 2시가 지나서였다. 그가 택시 운전사에게 요금을 지불하고 있을 때, 야근 수위인 찰리가 현관에 나타났다.

"어서 오십시오, 블리스 씨."

찰리는 인사를 하며 현관문을 열어주었다.

현관에 이어진 로비에는 커다란 거울이 걸려 있었다. 술에 취해 엉망으로 흐트러진 남자의 얼굴이 거울에 비쳤다.

블리스는 그런 자신의 얼굴을 바라보고 살짝 인상을 찌푸렸다. 그는 M 부동산 회사에 다니는 27세의 청년으로 아직 독신이지만 머지않아 마조리라는 처녀와 결혼하기로 되어 있었다.

짧게 다듬은 잿빛 머리카락, 갈색 눈, 지나치게 마른 체격—외모는 썩 두드러지지 않은 평범한 샐러리맨이었으나, 애인인 마조리는 그런 것은 문제 삼고 있지 않은 듯했다.

한편, 수위인 찰리는 나이도 블리스보다 훨씬 위였고 체격도 월등히 컸으며, 마치 맥주통같이 불룩한 배를 가지고 있었다.

그렇지만 이상하게도 블리스는 이 거구의 남자가 좋아지기 시작했으며, 찰리도 역시 블리스를 좋아하는 것 같았다. 사실 작년 크리스마스에는 블리스가 그에게 팁을 2달러나 주었을 정도였다.

블리스가 찰리에게 담배 한 개비를 건네주고 자기 입에 문 담배에다 라이터로 불을 붙인 다음, 자동식 엘리베이터 쪽으로 발길을 돌리려 하자 찰리가 그를 불러세웠다.

"아 참, 깜빡 잊고 있었습니다. 저녁 무렵에 어떤 젊은 여자분이 당신을 찾아왔었어요."

"흠, 이름은요?"

"이름은 밝히고 싶지 않은 것 같던데요."

"흠, 그랬어요?"

블리스는 별로 염두에 두지 않았다. 마조리라면 물론 찰리가 잘 알고 있을 것이다. 그 밖의 다른 여자는 지금의 블리스에겐 조금도 관심이 없었다.

"그 여자분은 당신 방에서 기다리고 싶다는 눈치였어요."

"농담 마세요. 그런 일은 절대로 없을 겁니다."

"하지만 그 여자분은 무척 그러고 싶어 하는 것 같던데요."

그 말을 듣자 블리스는 엘리베이터에 들어가다 말고 돌아보았다. 불현듯 호기심을 자극받은 것이었다.

"설마, 당신이 그런 일을 하게 놔둔 것은 아니겠죠?"

"글쎄, 제 말 좀 들어보십시오, 블리스 씨."

찰리는 애써 변명하듯이 말했다.

"물론 그럴 리야 없죠. 절대로 안 된다고 했습니다. 그러자 그 여자분이 제 눈앞에서 핸드백을 열고 립스틱인지 뭔지를 찾는 듯싶었는데, 핸드백 속에는 기가 막히게도 백 달러짜리 지폐가 보이지 뭡니까? 그 지폐의 얼굴이 바로 제게 윙크를 보내더라는 그런 말씀입니다."

블리스는 하는 수 없이 쓴웃음을 지어 보이며 말했다.

"그건 그렇다 치고, 대체 어떤 여자였나요? 날 찾아온 여자는 대충 당신도 알고 있잖습니까?"

"아, 그럼요. 그런데 한 번도 본 기억이 없는 여자분이던데요. 좌우간 굉장한……."

"미인이었다는 겁니까?"

"그렇습니다. 머리는 금발인데……, 그 흔해 빠진 염색 머리 같은 게 아니었죠. 가발도 아닌 진짜 금발이었습니다. 그리고 눈은 아름다운 푸른 눈동자, 키는 크지도 작지도 않고……."

찰리는 흥이 나서 얘기해 나가다가 문득 생각난 듯이 덧붙였다.

"하지만, 당신도 사실 그 여자분을 모르고 있을 겁니다. 무슨 말인가 하면 말이죠……, 그 여자분도 당신을 전혀 모르고 있으니까요."

"뭐라고요?"

블리스는 어처구니없어서 소리를 질렀다.

"그렇다면 어째서 그녀가 날 만나고 싶어 했고, 또 방에까지 들어가려 했단 말입니까?"

"그건 저도 모를 일입니다만, 좌우지간 그 여자분이 당신을 모른다는 건 분명합니다."

찰리는 강조를 하듯 반복해서 말했다.

"엘리베이터를 타면서 제가 그걸 시험해 봤죠."

"역시 내 방에 데리고 갔단 말이군요. 백 달러의 효력은 굉장한 것이군."

"아뇨, 당치도 않습니다. 전 다만 어떻게든지 빨리 쫓아 보낼 방법을 궁리하던 참이라서……, 그래서 4층까지 가는 도중에 넌지시

속을 떠보았습니다. 당신의 얼굴이나 모습과는 반대로 말을 해보았죠. '저어, 블리스 씨는 머리카락이 빨간색이고 키가 180cm는 됨직한 장신이 아니시던가요? 전 이곳에 새로 온데다가, 이 아파트엔 사람이 엄청나게 많이 살아서요……' 뭐 이렇게 말입니다."

"음, 그러니까요?"

"그러자 그 여자분은 감쪽같이 걸려들어서, '맞아요. 그분이 블리스 씨가 틀림없어요.' 하고 대답하더란 말입니다. 그래서 제가 4층의 당신 옆방 문에 열쇠를 꽂고서 열쇠가 다른 것으로 바뀐 체했습니다. 이상하게도 맞는 열쇠가 없다고 하며 둘러댄 거죠.

그러자 여자분은, '그럼 가까운 시일 안에 다시 오겠습니다.' 하고는 돌아가더군요. 올 때와 마찬가지로 걸어서 말입니다. 야회복 차림이었으니까 꽤 묘한 모습이었지요. 길모퉁이를 돌아갈 때까지 죽 지켜봤습니다만, 택시를 세우는 기색도 없었어요. 마치 오전 0시경의 거리를 걷는 듯한 모습으로 쏜살같이 가버리더군요."

"나에 대해서 탐색하러 온 건가? 아니면, 다른 사람으로 착각이라도 한 것일까요?"

"아닙니다, 블리스 씨. 그 여자는 당신의 이름을 똑똑히 대던걸요."

"점점 모르겠군. 정말로 이상한 일인데요, 찰리."

"이렇게 큰 도시에서 살다 보면 이따금 참으로 기묘한 일을 당하기도 한답니다."

거구의 수위는 맥주통같이 불룩한 배를 흔들면서 맞장구를 치는 것이었다.

마조리와의 약혼 파티가 열리는 날 밤, 친한 친구인 코리가 8시 반경에 블리스의 아파트로 찾아왔다.
 코리는 유달리 잘 차려입은 것은 아니었지만 꽤 세련된 청년이었다. 블리스보다도 키가 크고 좀더 마른 편이었다. 짙은 갈색 머리에 굵은 눈썹, 현대풍의 호남형이면서도 이따금씩 늠름한 야성 기질을 발휘해서 모두를 깜짝 놀라게 하곤 했다.
 블리스가 안쪽 방에서 준비를 하고 나오자 코리가 말했다.
 "누구야, 그녀는?"
 "그녀라니……?"
 "방금 자네한테 전화가 걸려왔었. 젊은 여자 목소리이던데. 자네를 바꿔달라고 하더군. 얘기하는 태도가 아무래도 자네를 잘 아는 여잔 아닌 것 같아. '거기가 케네스 블리스 씨 댁입니까?' 하고 묻더군."
 "이상하군. 누굴까?"
 "어디 신문이나 잡지의 여기자 아닐까? 약혼 기사를 얻어내려고……."
 "그런 사람들이라면 대개 여자 쪽에 달라붙게 마련이야. 하지만 마조리의 부모님, 엘리오트 집안에서 이미 자료를 그들에게 모조리 제공해 주었는데, 그렇다면 그 여자일까……?"
 "그 여자라니, 누구 말이야?"
 "아냐, 자네한테 아직 말하지 않았지만, 실은 요즘 열렬한 내 팬이라고 해야 할까? 하여튼 나한테 몹시 열성적인 여자가 하나 나타났어."

블리스는 히죽 웃으면서 대답했다. 그리고 얼마 전에 있었던 이상한 여자의 이야기를 코리에게 들려주었다.

코리는 흥미를 느낀 듯이 연달아 질문을 해댔다.

"정말 자네한테 짚이는 데가 없어? 그렇다면 그녀는 도대체 무슨 꿍꿍이속일까? 자넨 어떻게 생각하나?"

"내가 아는 건 그녀가 빈집을 노리는 도둑 같은 건 아니라는 것뿐이야. 그것만큼은 확실해. 내 방에 들어올 특권을 얻어내려고 자그마치 백 달러의 팁을 수위한테 배짱 좋게 내려던 여자라고. 하지만 방에서 백 달러 값어치의 물건을 찾아낸다면 괜찮은 구경거리가 된다는 얘기지."

블리스는 그렇게 말하고 코리를 재촉했다.

"다들 기다리겠어. 어서 가자고."

두 사람이 복도를 나와 엘리베이터를 기다리고 있는데, 가까운 방에서 전화벨 소리가 들려왔다.

블리스는 귀를 쫑긋하고서 듣다가 황급히 되돌아갔다.

"저건 내방 전화야. 잠깐 갔다 오겠어. 마조리한테서 온 건지도 몰라."

문 앞에서 주머니 속의 열쇠를 꺼내는 순간, 그만 그것을 떨어뜨려서 허리를 굽혀 다시 집어 올렸다.

코리는 한쪽 발을 바깥쪽으로 내밀어 엘리베이터가 다른 층으로 가지 못하도록 하고 있었다.

"빨리 와, 이걸 타러 오는 사람이 있으면 재미없으니까."

코리는 몹시 다그쳤다.

블리스는 힘차게 자기 방문을 열었다. 동시에 전화벨은 심술궂게도 뚝 끊어지고 말았다. 그러고는 두 번 다시 울리지 않았다.

블리스는 어깨를 들썩이며 방을 나섰다.

"늦었어. 끊어져 버렸어."

엘리베이터를 내려오는 도중에 코리가 말했다.

"혹시 아까 말한 그 수수께끼의 여자가 아니었을까?"

"응, 나도 사실은 그런 기분이 들어."

블리스는 다소 심각한 표정이 되었다.

"아마 틀림없을 거야……. 하지만 무슨 목적으로 내게 그렇게 끈덕지게 달라붙는 걸까?"

추락한 남자

마조리는 부유한 집 딸이었다. 약혼 파티는 그녀의 부모님 집에서 열렸다. 블리스는 모든 축하객들이 춤추고 있는 홀 구석에서 마조리와 단둘이 되자, 준비해 온 반지를 꺼내어 그녀의 손가락에 끼워주었다.

그런데 바로 그 순간, 두 사람은 누군가가 자기들을 유심히 바라보는 듯한 느낌을 받았던 것이다. 둘은 동시에 출입문 쪽으로 얼굴을 돌렸다.

그러자 그곳에는 젊은 여자의 얼굴이 나타나 있었다. 그 모습은 그곳에 뿌리 박혀 버린 듯 움직이지 않았다. 여자는 부드러운 곡

선으로 옷자락이 퍼진 검은 드레스를 입고 있었다.

크림색처럼 새하얀 어깨가 그대로 드러나 있었다. 머리에는 온통 보석을 박아 놓고 검고 하늘하늘한 실크 스카프를 두르고 있었는데, 그 속으로 살짝 비쳐 보이는 머리카락은 옥수수처럼 진한 황금빛이었다.

동정과 조소가 뒤섞인 미소가 그 여자의 입가에 떠올랐다. 그러나 그것은 블리스와 마조리의 눈에 들어가기도 전에 희미한 보조개처럼 갑자기 사라지고 말았다.

"누구지, 저 여자?"

"모르겠어요. 누구한테서 소개를 받은 사람일지도 모르지만 기억이 나질 않는군요."

블리스와 마조리는 또다시 약혼반지로 시선을 돌렸다. 하지만 좀 전까지의 들뜬 기분은 완전히 깨져 버려서, 다시 그런 기분으로는 돌아갈 수 없을 것 같았다. 홀 안의 분위기가 웬일인지 모르게 조금도 따뜻하게 느껴지지 않았다. 그 낯선 여자의 그림자가 분위기를 온통 냉랭하게 만들어 버린 것만 같았다.

"자, 우리도 춤을 춰요."

마조리는 약간 떨리는 목소리로 말했다.

축하객들과 어울려 춤을 추고 나서 마조리가 블리스의 옷깃을 가볍게 잡아당겼다.

"손님들이 또 몇 분 돌아가시나 봐요. 내가 전송해 드려야겠어요. 곧 돌아올 테니 잠시만 기다리세요."

블리스는 그녀가 가버리자 뒤로 돌아서서 밤공기를 쐬려고 테라스 쪽으로 나갔다.

도시의 불빛은 흰 수레바퀴 축처럼 둥그런 원을 그리며 눈 밑을 돌고 있었다. 윤곽이 희미해진 진줏빛 달이 허공 속으로 뚝 떨어지려 하고 있었다.

블리스는 흐뭇한 기분이었다. 바로 어제까지만 해도 고역스럽게만 생각하고 살았던 이 도시를 그는 천천히 내려다보았다.

"이제 어느 정도는 생활기반이 마련되었어. 나는 젊고 약혼녀도 있어. 게다가 그녀는 부잣집 딸. 이제 내 장래는 아무런 걱정도 없어, 모든 게 순탄할 테지……."

그가 서 있는 테라스는 건물 앞면의 이쪽 끝에서 저쪽 끝까지 이어지고 있었다. 그리고 그 한쪽 끝은 건물의 옆면으로 돌아가고 있기 때문에, 달빛이 거기까진 비치지 않았다.

한참을 지나서 블리스는 문득 인기척을 느꼈다. 그 검은 야회복의 여자가 그야말로 느닷없이 그에게서 60cm도 떨어지지 않은 곳에 모습을 드러낸 것이다. 여자는 그와 마찬가지로 먼 곳을 멍하니 바라보고 있었다. 마치 흰 대리석 흉상이 공중에 떠 있는 듯한, 일종의 공포감 같은 것이 스쳐 지나갔다. 검은 옷이 밤의 어둠과 구별이 되지 않은 탓이었다.

"정말 멋진 밤이지요?"

블리스는 여자에게 말을 걸었다. 파티 손님이라고 여겼던 까닭이다. 그렇지만 여자는 대답하지 않았다.

그때, 코리가 테라스에 나타났다. 그는 꽤나 자신감 넘치는 얼굴이었다. 그 역시 아까부터 그 여자에게 시선은 쏟고 있었던 모양이었다.

"미안하지만, 하이볼 한 잔만 가져다주시겠어요?"

여자는 코리를 보고서 부탁했다.

코리는 블리스를 향해, "자네가 가지." 하고 눈짓으로 신호를 보낸 뒤 여자한테 말했다.

"그런 역할은 나보다 이 남자가 적격입니다."

"아니요. 당신이 가져오시는 편이 맛있을 것 같군요."

꾸밈이 없는 말이었으나 듣기에는 썩 좋았다. 코리는 금세 하이볼을 가져왔다.

여자는 그것을 받아들고 난간에 팔을 기대고 있다가, 이윽고 천천히 잔을 기울였다. 액체가 쏟아지면서 잔은 순식간에 비고 말았다. 그러자 그녀는 자못 거만한 태도로 그것을 코리에게 건네주며, "한 잔 더 부탁해요." 하고 말하는 것이었다.

코리는 그제야 정신이 들었다. 상황이 이쯤 돼서도 그녀의 본심을 깨닫지 못했다면 이젠 바보 소리를 들어도 하는 수 없을 것이다. 코리가 그녀에게 달려들려 하자 블리스가 얼른 말렸다.

코리는 화가 나서 부르르 떨리는 손을 호주머니에 찔러 넣으며, "사람을 조롱하는 것도 적당히 하시오!" 하며 내뱉듯이 말하고는 테라스를 떠났다. 그러자 검은 옷의 여자는 뒤따라 자리를 뜨려고 하는 블리스를 막으며 말했다.

"당신은 절 모르시나 보죠? 하지만 예전에 절 보신 적이 있을 거예요. 당신은 잊으셨겠지만, 저는 기억하고 있어요. 그때 당신은 네 명의 친구와 함께 차를 타고서……."

"난 친구 네 명과 한데 어울려서 종종 차를 타고 다녔소"

"그 차의 번호는 D3827이었지요."

"난 숫자 외는 데는 소질이 없소" 블리스는 계속해서 말했다.

"그런데 당신은 대체 누굽니까? 말씀하시는 게 무척 매력적인 것 같습니다."

"너무 비행기 태우지 마세요."

검은 옷의 여자는 다소 흥분된 얼굴이 되어 그에게서 두세 걸음 물러섰다. 그러고는 머리에서 스카프를 벗어 그 끄트머리를 쥐고 바람에 휘날리게 했다. 스카프는 앞으로 죽 펼쳐진 채 펄럭펄럭 나부끼고 있었다.

별안간 그녀는 '앗' 하는 짧은 외마디 소리를 질렀다. 스카프가 바람에 날아가 버린 것이다. 그녀는 필사적으로 손을 뻗었다. 건물 정면에 전깃줄이 쳐 있고, 군데군데 하얀 사기 애자(전선을 지지하기 위해 사용하는 절연물. 사기, 유리, 합성수지 따위로 만든다)로 고정되어 있었다. 스카프는 그 애자 중 하나에 걸려 있었다.

"당신이라면 손이 닿을지도 모르겠군요."

검은 옷의 여자는 블리스에게 말했다.

블리스는 테라스 끝을 꽉 붙들고, 다른 손으로는 스카프를 잡으려 했다. 여자는 그의 등 뒤로 다가갔다. 그러고는, "이럴 수밖에 없었어!"라는 표정을 짓고서 양팔을 뻗었다. 그런 뒤에 재빨리 뒤로 물러섰다.

이때, 그녀의 손은 지극히 짧은 순간 블리스의 몸에 닿은 듯이 보였다.

"난, 닉 킬린의 아내예요!"

그 여자의 목소리를 블리스는 떨어지면서 분명히 들었을 것이다. 그리고 그 순간, 희미해져 가는 그의 의식 속에서 그 말은 강렬한 불꽃을 튀기면서 지나간 게 틀림없으리라.

테라스에는 공허만이 맴돌았다. 밤의 어둠과 검은 옷을 입은 여자 한 사람만이 그곳에 남아 있을 뿐이었다. 어느 창문에선가 라디오의 룸바 곡이 흘러나오고 웃음소리도 들려왔다.

그리고 나서 몇 분 뒤, 검은 옷의 여자가 커다란 홀을 빠져나가는데 마조리가 말을 걸었다.

"저, 제 약혼자가 어디 있는지 아세요?"

"방금 테라스에서 봤는데요."

검은 옷의 여자는 생긋 웃으면서 대답했다. 그러고는 꽤나 가벼운 발걸음으로, 하지만 그다지 서두르는 빛도 없이 걸어나갔다.

현관 가까이에 있는 이 집 전화벨이 울리기 시작한 것은 그녀가 조용히 문을 닫고 바깥으로 빠져나간 직후였다. 얼마 동안 어느 누구도 그 전화를 받으려는 기색이 없었다.

주임 형사 웽거는 길 위에 웅크린 채 추락사한 남자를 천천히 조사하고 있다가, 이윽고 검은 실크 천 조각을 잡아 빼냈다. 그것은 시체의 남자가 주먹 안에 단단히 움켜쥐고 있었던 것이다.

"여자용 손수건일까요?"

옆에 있던 경관이 물었다.

"아닐세. 스카프일 거야. 손수건이라고 하기엔 너무 커."

웽거는 고쳐 말한 뒤 신문지를 덮어씌운 시체 쪽으로 다시 시선을 돌렸다.

"이 사람을 알고 있습니다."

주위를 에워싼 군중 속에서 갑자기 한 남자가 앞으로 나왔다. 바로 앞 건물에서 수위 일을 맡고 있다고 그 남자는 말했다.

"아마 15층 엘리오트 씨 댁에서 오늘 밤 이 사람과 그곳 따님과의 약혼 파티가 열렸을 겁니다. 저기 보세요, 방마다 불이 켜져 있는 곳이 거기죠."

"그렇다면 이쪽도 철야 작업이 되겠군."

웽거는 건물을 올려다보고 '후' 하고 한숨을 내쉬었다. 그 말 그대로 그는 엘리오트 씨 댁을 찾아가서, 피곤으로 녹초가 되어 있는 손님들을 죽 세워 놓고 새벽녘 가까이까지 심문을 계속 해야 했던 것이다.

"그럼, 여러분 중 한 사람도 그 검은 옷을 입은 여자의 이름을 모른단 말입니까? 정말 태평한 사람들이군."

웽거에게 심한 책망을 듣고 모두들 푹 기가 죽은 얼굴이 되었다. 그때, 마조리의 어머니인 엘리오트 부인이 들어왔다.

웽거는 그녀 쪽으로 몸을 돌렸다.

"어떻게 됐습니까? 귀중품이 분실된 것이 있었습니까?"

"아닙니다."

부인은 딸 약혼자의 갑작스러운 죽음에 충격을 받은 창백한 얼굴로 말을 이었다.

"자세히 살펴봤습니다만, 아무것도 없어진 건 없어요."

"그래요? 그럼 파티 도둑도 아니었단 말이군요. 도둑질이 목적이 아니라고 한다면……"

웽거는 이번엔 코리에게 얼굴을 돌렸다.

"뭔가 짚이는 데는 없습니까? 당신은 죽은 블리스 씨의 친구라고 했죠?"

"예, 하지만 전 이쯤에서 형사분들의 생각을 듣고 싶은데요."

코리는 일부러 웽거의 바로 옆으로 바싹 다가갔다. 그는 몹시 취한 듯했지만 태도는 비교적 침착해 있었다.

"뭐 특별히 당신한테만 말할 것도 없습니다……."

웽거는 서두를 꺼낸 뒤 말을 이었다.

"이 사건이 본인의 과실로 인해 발생한 일이란 것은 거의 틀림이 없는 것 같습니다. 그런데, 그 수수께끼 여자에 대해서는 두 가지 정도 미심쩍은 점이 있군요. 한 가지는 사고가 일어난 직후에 그녀가 이곳을 빠져나갔다는 사실, 또 한 가지는 이 댁 따님의 질문을 받고 방금 테라스에서 블리스 씨를 봤다고 태연한 얼굴로 대답했었다는 점입니다.

블리스 씨는 그 여자의 스카프를 꽉 움켜쥔 채로 죽어 있었으니까, 추락 순간에는 그 여자가 함께 있었다고 볼 수 있지 않을까요? 따라서, 문제는 그 여자가 자신이 용의자로 몰릴지도 모른다고 생각하고서, 결백을 증명하러 자진해서 경찰에 나타나 주겠는가 하는 것이죠."

웽거는 이렇게 얘기하고서 수첩이며 여러 가지 메모를 증거품인 스카프 같은 것과 함께 주머니에 찔러넣으며 일어섰다.

"하여간 우리 손으로 그 여자를 찾아내겠소. 사건은 곧 해결될 겁니다."

그는 마지막으로 한마디 덧붙였다. 그러나 그 뒤 며칠이 지나도 경찰은 그 수수께끼의 여자를 찾아낼 수 없었다.

흑인 청소부

헬레나 호텔에서 일하는 흑인 청소부 미리엄은 그녀 특유의 방식으로 방 청소를 하고 있었다. 그 특유의 방식이란 것은, 방의 번호순에는 관계없이 일을 해나가는 것이다.

"14호실은 17호실 뒤예요. 17호가 끝날 때까지 기다리세요. 난 지금까지 14호실을 먼저 한 적이 없으니까요."

이를테면 이런 식으로 미리엄은 이 싸구려 호텔에 묵는 사람들에게 큰소리를 치는 것이었다. 그렇다고 그런 이상한 순서가 팁이 많고 적음에 따라 정해진 것도 아니었다. 그냥 습관이 되어 버린 것이다. 요컨대, 이것은 완전히 그녀의 변덕스런 성격에 의한 것이었다.

오늘도 그녀는 긴 자루가 달린 대걸레를 들고 19호실로 들어갔다. 비좁은 싸구려 방이었다. 침대 위의 벽에는 크고 작은 갖가지 젊은 여자의 사진이 죽 붙어 있었다. 하지만 그런 것들에 미리엄은 눈도 주지 않았다.

침대를 정돈하고 나서 그녀는 살짝 입맛을 다시고는 옷장 문을 열었다. 그러고는 더러워진 셔츠 더미를 마구 헤쳐서 마치 굴속에서 토끼라도 끌어내듯 진 술병을 꺼냈다.

미리엄은 재빨리 병을 기울여 죽 한 모금 마시고는 얼른 내려놓았다. 그러고는 세면대로 가서 병 속의 양이 전과 같은 높이로 될 때까지 물을 쏟아 부었다. 병엔 미리 연필로 표시가 되어 있었기 때문이다.

"지독한 구두쇠 같으니라고. 날 믿지 않기 때문이지. 나밖엔 아무도 방에 들어오는 사람이 없으니……."

투덜투덜 거리면서 청소를 하고 있는데, 문득 그녀는 누군가가 자기를 보고 있는 느낌이 들었다. 힐끔 돌아다보니 복도에 웬 여자가 서서 살짝 열린 문틈으로 이쪽을 바라보고 있는 것이었다.

호텔 주인은 아니었다.

미리엄은 얼른 그 여자에게 굽실거리기 시작했다. 이 방 주인에겐 꽤나 심술궂게 대하면서도 다른 손님들에겐 언제나 사근사근했던 것이다.

"어머나, 부인. 미첼 씨를 찾아오셨나요?"
"아니요. 잠깐 친구한테 들러 본 거예요."
여자는 부드럽게 말했다.
"그런데 마침 외출했더군요. 돌아가려고 엘리베이터를 찾다가 그만 방향을 잃어서……."

여자는 곧 돌아가려고는 하지 않았다. 오히려 조금씩 문 입구로 다가섰다. 그러나 방 안에는 발을 들여놓지 않았다.

그녀는 미리엄에게 흥미를 느낀 듯한 시늉을 했다.

"저, 아주머니. 아주머니 같은 분은 방의 분위기만 봐도 그곳에 사는 사람에 대해서 빤히 알게 되지 않나요?"
 "그야 뭐 좀 알긴 하죠. 말씀하신 대로예요."
 "가령 이 방에 대해서 얘기한다 해도, 여기에 살고 있는 미첼 씨가 하는 분이 대체 어떤 분인지 난 전혀 짐작도 못 하겠어요. 하지만 시험 삼아 내가 맞춰 볼게요. 틀린 데가 있으면 고쳐주세요."
 "예, 그러시죠. 맞춰 보세요."
 미리엄은 자기가 추켜올려지는 것 같은 기분이 들어 몹시 신이 나서 말했다.
 "미첼 씨도 옷차림이 단정한 분은 아닌 것 같군요. 그러니까 넥타이를 저런 식으로 전기스탠드 같은 곳에 걸쳐 놓아두죠."
 "어지간히 흐리터분한 사람이에요. 게다가 돈하고는 아예 인연이 없는 사람이고요. 이런 싸구려 호텔에서 살고 있는 사람이니까, 그 정도는 이미 알고 계실 테지요? 특히나 요 1~2년째 와서 객실료도 제날짜에 내본 일이 없어요."
 "아마 직업이 없나보죠?"
 여자는 여전히 미소를 지으면서 말을 이었다.
 "저기 휴지통에 오늘 조간신문이 처박혀 있군요. 미첼 씨는 점심때쯤 일어나서 한참 동안 신문을 읽고 나서 천천히 외출했다고 생각해요."
 "정말 그대로예요."
 미리엄은 고개를 연신 끄덕거렸다. 그녀는 여자의 머리모양이며 매력적인 우아한 태도에 완전히 넋이 빠진 채 찬찬히 그녀의 얼굴을 뜯어보았다.

"말씀하신 대로 실업자 신세예요. 저도 자세히는 모르지만, 이곳으로 매달 부쳐오는 군인 연금만으로 살아가고 있는가 봐요."

"그리고 또, 미첼 씨는 아마 외로운 사람이라 여겨지네요. 친구가 없나보죠?"

여자는 계속해서 말해나갔다.

"저 벽에 붙어 있는 여자 사진도 외로운 사람이란 증거죠. 미첼 씨에게 친구가 많이 있다면 저런 사진들을 붙여 놓는 일도 없을 테고요."

"어쩜, 하긴 그렇군요."

미리엄은 여자의 기막힌 머리 회전에 점점 감탄해 마지않았다. 이 방의 여자 사진을 보고 그런 식으로 생각해본 적은 한 번도 없었던 것이다.

여자는 계속 덧붙여 말했다.

"그러니까, 미첼 씨란 분은 자기가 찾는 여성을 아직까지도 만나지 못한 모양이죠? 아마 이상형의 여성을 찾고 있었던 걸 거예요. 꿈속에서나 있을 법한 여인, 이 세상 어디에도 없을 만큼 완벽한 여성을 찾고 있었을 겁니다. 그건 그분의 상상 밖의 세계에서는 절대로 존재하지 않는 여성이죠."

미리엄은 멍한 얼굴로 벽에 붙어 있는 여자 사진을 둘러보다가, 문득 제정신으로 돌아온 듯이 고개를 세게 저었다.

"허황된 꿈이죠, 부인."

그녀는 결론을 내리듯 말했다.

"그렇다고 그런 여성이 평생 지나봐야 그 남자의 손에 들어오겠어요!"

"물론 그건 그 사람의 꿈이겠죠."

아름다운 여인은 모든 사람들을 황홀하게 홀릴 것만 같은 미소 띤 얼굴을 미리엄에게 보였다.

"하지만 아주머니가 말하는 그대로는 아닐지도 몰라요. 뭐 꼭 그런 여성이 저 사람의 손에 들어가지 않는다고 단정할 순 없는 거 아니에요."

그러고 나서 여인은 이렇게 덧붙였다.

"사실대로 말씀해 주세요. 내 추리가 그렇게 틀리진 않았죠?"

"틀리기는커녕, 정확하게 맞추었는걸요!"

미리엄은 감탄한 듯이 그렇게 대답했다.

"그래요? 그럼, 더 이상 아주머니 일에 방해를 해선 안 되니까……."

여인은 손을 살며시 흔들면서 남의 마음을 따뜻하게 해줄 듯한 미소를 남긴 채 사라졌다.

"세상에! 정말로 멋진 여자야!"

미리엄은 기다란 대걸레를 손에 든 채, 한숨과 함께 이렇게 중얼거렸다.

꿈 같은 밤

그리고 얼마 되지 않아서였다.

9호실의 미첼은 여느 때와 같은 시간에 신문을 겨드랑이에 끼고

헬레나 호텔의 초라한 로비에 나타났다. 그러고는 프런트 옆에 있는 우편함 쪽으로 가고 있었다. 프런트 보이는 변변히 팁도 줘본 적 없는 이 손님에게는 가히 반가운 얼굴로 대하지 않았다.

미첼의 우편함에는 편지가 세 통 들어 있었는데, 한 통은 메이벨에게서 온 것이었다. 식당에서 일하는 친한 여자다. 또 한 통은 옆 우편함에 들어갈 것이 잘못 넣어진 것이었다. 그리고 나머지 한 통은 어느 상점의 청구서나 광고 정도 되는 듯싶었다.

미첼에게는 그런 우편물은 냄새를 맡는 것만으로 금방 알 수 있었다. 수신인은 타이프라이터로 쳐 있었고, 봉투에는 보내는 사람의 이름도 주소도 적혀 있지 않았다. 그래서 그는 그 편지를 뜯어 보려고도 하지 않았다.

그는 2층 자기 방으로 돌아와서 문을 닫고는 옷장 속에서 진 병을 꺼냈다. 흑인 청소부가 그 은밀한 징소를 찾아냈으리라곤 꿈에도 생각지 않았다.

그는 잔에 따르지 않고 병째 들고 벌컥 마셨다.

또다시 오늘도 밤이 온 것이다. 눈곱만큼의 변화도 없는 지겨운 밤이다. 참으로 모든 것이 볼품없이 초라한 싸구려 호텔의 한 방. 와이셔츠 차림의 풀죽은 한 남자. 싸구려 술. 천박한 한숨······.

"그래, 메이벨한테나 전화를 걸어보자."

미첼은 혼잣말로 중얼거리며 수화기를 들었다.

그가 전화를 걸 만한 상대라는 것은 단골 식당에서 일하는 그 여자 정도밖에 없는 것이다.

"메이벨 양, 전화예요."

하숙집 안주인의 커다란 음성이 수화기를 타고 울려왔다. 언제나처럼 메이벨이 2층에서 내려오는 것을 한참 기다리지 않으면 안 되었다. 그것이 얼마만큼의 시간인지 미첼은 잘 알고 있는 터였다.

그는 수화기를 테이블 위에 내려놓고, 양복 윗도리가 걸려 있는 곳으로 담배를 꺼내러 갔다. 그런데 주머니에서 살짝 삐져나와 있는 청구서인지 광고인지 하는 좀 전의 편지가 눈에 띄었다.

그는 그것을 끄집어내서 겉봉을 뜯었다. 순간 빨간색 표 같은 것이 펄럭이며 바닥에 떨어졌다. 엘딘 극장의 특등석 표였다.

'A의 1번'에다 오늘 날짜였다. 표 한쪽 구석에는 3달러 30센트라는 글자가 인쇄되어 있었다.

"장난이야, 이게 진짜일 리가 없어."

미첼은 중얼거리며 몇 번씩이나 뒤집어 보기도 하고 이리저리 뚫어져라 살펴보기도 했다. 하지만, 그것은 조금도 이상한 구석이라곤 없는 틀림없는 진짜였다.

그렇다면 과연 누가 보내왔단 말인가?

수화기가 뚜뚜뚜 소리를 내고 있었다. 그는 테이블로 돌아가 수화기를 귀에 댔다.

"메이벨 양은 이제 곧 내려와요."

안주인이 말했다. 구두를 아무렇게나 신고 쿵쿵 계단을 내려오는 소리가 들려왔다.

"아니, 실례했습니다. 전화번호가 틀렸군요."

미첼은 순간적으로 그렇게 말하고 뚝! 하고 전화를 끊어 버렸다. 그러고는 재빨리 극장에 갈 채비를 차렸다.

44 검은 옷의 신부

머리를 차분하게 매만지고 있을 때 전화벨이 울렸다. 메이벨한테서 온 것이었다.

"방금 내게 전화한 사람이 당신 아녜요?"

"아냐, 안 걸었는데."

미첼은 태연하게 거짓말을 했다.

메이벨은 달콤한 목소리를 내서 말했다.

"오늘 밤, 안 만나요?"

"안 돼, 도저히……. 감기에 걸려 옴짝달싹 못하게 되어서 말이야. 독감인 것 같아."

"그럼 내가 병문안 갈게요."

"농담이 아냐." 미첼은 당황했다.

"금세 옮을 텐데. 일주일이나 식당에 안 나가 봐. 급료를 깎일 테니……."

그렇게 말하고는 이러쿵저러쿵 떠들어대는 소리를 듣지 않으려고 얼른 전화를 끊어버렸다.

엘딘 극장에 도착했을 때는 아직 시작 전이었다. 표를 내면 아마도 거절당하리라고 미첼은 생각했다. 그런데 거절당하기는커녕, 특별석 손님이란 이유로 대단히 정중하게 대우받은 것이다.

"역시 표는 진짜였군."

그 일에 관한 염려는 싹 지워져 버렸다. 그러자 이번엔 표를 보내온 사람에 관한 일이 그의 머릿속을 가득 메웠다.

그 인물은 이미 특별석에 앉아 있는 것은 아닐까? 만일 손님이 하나가 아닌 경우에는 어떻게 확인해야 할까?

그러나 막상 안내되어 가서 보니 특별석엔 손님이 아무도 없었다. 미첼은 잠시 멍해 있었다. 이 극장에서 가장 좋은 좌석에 그는 우두커니 혼자 앉아 있는 것이었다. 지금이라도 안내원이 뒤에서 어깨를 두드리고 표가 잘못되었다고 하며 쫓겨나는 건 아닐까 등등 아직도 걱정이 떠나질 않았다.

이윽고 연극이 시작됐다. 그러는 사이에 그는 무대에 정신을 빼앗겨 오늘 밤 수수께끼에 대해서는 조금씩 잊어버리기 시작했다.

그런데 불현듯 자기 옆자리에 누군가가 앉아 있다는 느낌이 들었다. 사실 연극 제1막 중에 그 손님이 온 것인데, 미첼은 조금도 눈치 채지 못했던 것이다.

손님은 기가 막힌 미인이었다. 머리칼은 빨갛고, 조각 같은 얼굴을 하고 있었다. 짙은 색 벨벳 망토를 두르고 있었는데, 망토의 안쪽은 반대로 밝은 색이었다. 그래서 그녀는 마치 조개껍질에서 튀어나온 요정처럼 보였다.

미첼은 도저히 먼저 말을 걸 용기가 없어 우물쭈물하고 있는데, 여자가 담배를 입에 물고 갑자기 그쪽으로 얼굴을 돌렸다.

"괜찮을까요?"

여자의 말투에는 외국사투리가 섞여 있었다.

"예, 특별석에서는 담배를 피워도 상관없을 겁니다."

미첼은 대답했다. 그것을 계기로 두 사람은 허물없이 얘기를 주고받기 시작했다.

이튿날, 미첼은 두근거리는 가슴으로 그녀를 기다리고 있었다.

그녀가 먼저 호텔로 찾아오겠다고 한 것이다. 처음에 미첼은 자신의 귀를 의심하지 않을 수 없었다. 그는 시끌시끌한 로비를 지나지 않고 19호실로 올 수 있는 방법을 여자에게 가르쳐 주었다. 그것은 건물 뒤쪽에 있는 종업원 전용 계단을 이용하는 방법이었다.

미첼은 이미 수도 없이 여러 번 방 안을 왔다 갔다 했다. 침대 위 벽에 붙여 놓았던 젊은 여자의 사진을 전부 떼어내 버렸다. 그러나 오랫동안 붙어 있었기 때문에 벽에는 누런 얼룩이 남았다.

이제 그는 '진짜 여자친구'를 찾아낸 것이다. 그러니까 이제는 '대용품 여자'의 사진 같은 것은 필요가 없어졌다.

긴장과 흥분으로 그는 머릿속이 멍청해 있었다. 그리고 단지 손만 열심히 비벼대고 있었다. 자꾸만 거울 앞에 서서 새 넥타이가 정말 잘 어울리는지 들여다보곤 했다.

갑자기 전화벨이 울렸다.

미첼은 힘차게 날아오르듯 해서 전화를 받았다.

'갑자기 올 수 없는 사정이 생긴 건 아닐지 모르겠군. 아니면 마음이 변했을까……?"

이리저리 생각하면서 수화기를 귀에 댄 그는 갑자기 인상을 찡그렸다.

그 전화는 메이벨에게서 온 것이었다.

"독감은 좀 어때요? 걱정이 돼서 혼났어요. 내가 식당의 닭고기 수프를 조금 가져왔어요. 오늘 1달러짜리 특별 요리에 나온 수프예요. 감기에는 제일일 거예요. 내가 그릇에 담아 가져다줄 테니까……"

미첼은 비명을 지르고 싶었다. 오늘 밤이야말로 일생에 한 번뿐인 밤이 아닌가!

"하지만, 오늘은 당신 일 나가는 날 아냐?"

그는 냉담한 목소리로 뿌리쳐 버리듯 말했다.

"다음 기회에 가져와, 오늘 밤엔 안 돼……."

"너무하시는군요. 좋아요. 당신 맘대로 해요!"

결국 메이벨은 전화에 대고 흑흑 흐느껴 울기 시작했다.

그런데 바로 그때, 미첼이 애타게 기다리던 노크소리가 들렸던 것이다. 그는 인정사정없이 전화를 끊고 말았다.

문을 열자 그의 '비너스'가 조용히 들어왔다. 언젠가 그가 한낮의 꿈속에서 보았던 그 '이상형의 여성'이었다.

그녀는 극장에서 보았을 때와 똑같은 벨벳 망토를 두이 때와 똑같은 몰체일은 어떤 인사를 하면 좋을지, 또 어떤 식으로 맞이하면 좋을지 몰라서 우물쭈물하 때와 똑같은 이상형의 여성을 만났으니까 이제까지의 여성에 대한 경험 같은 건 아무짝에도 쓸모때와을 리 없었다.

그는 드디어 생각난 듯이 라디오의 스위치를 켰다. 스포츠 해설이 흘러나왔다.

그는 당황해서 곧 스위치를 껐다.

흩어진 분가루

여자는 방에 들어오자마자 망토 속에서 술 한 병을 꺼냈다.

"이거 선물로 가져왔어요. 함께 마셔요."

만일 메이벨 같은 여자가 그런 흉내를 냈다면 몹시 천박한 느낌이 들었으리라. 그러나 검은 망토의 여자가 그렇게 하니 모든 게 품위 있고 매력이 넘쳐 보이는 것이었다.

여자가 가져온 술은 굉장히 독했다. 그러나 그것을 마신 순간, 이 세상은 순식간에 장밋빛으로 물들어 보이게 되었다.

미첼은 이젠 무슨 말이든 하고 싶었다. 아니, 해도 좋을 것 같은 기분이 들었다.

"당신은 내가 언제나 꿈에 그려오던 여자와 똑 닮았소. 당신은 마치 내 머릿속에서 빠져나온 것 같단 그 말이오."

"아무리……." 여자는 미소를 보였다.

"머리가 좋은 여자라면 남자가 생각하는 어떠한 여자로도 될 수 있죠. 마치 카멜레온처럼 말이에요. 남자가 원하는 대로 색을 바꿔가는 거예요. 그 색을 찾아내는 게 여자의 머리가 할 일이죠."

그렇게 말하고 여자는 옆쪽의 벽을 흘끔 쳐다보았다.

"여기에 여자의 사진이 가득 붙어 있었죠? 당신은 그 여자들 속에서 원하는 색깔을 찾아내려고 했군요?"

미첼은 손에 든 잔을 하마터면 떨어뜨릴 뻔했다. 그는 눈을 휘둥그렇게 뜨고 말했다.

"그 벽에 사진이 붙어 있었던 것을 어떻게 알았소? 그전에 이 방에 들어온 적이 있습니까?"

여자는 리큐르(달고 향기 있는 독한 술)를 한 모금 마시고 나서 가볍게 헛기침을 했다.

"아뇨, 하지만 벽의 얼룩을 보면 그런 것쯤은 알 수 있죠. 당신은 낭만파예요. 여성이라는 것을 공상 속에서 추구하고 있으니까요."

"당신뿐만 아니라……, 당신이 말하는 것도 모두 기가 막히게 멋집니다!"

미첼은 즐거운 듯이 외치고 술잔을 다시 입에 가져갔다. 그는 이제 어지간히 술에 취해서 머리가 빙빙 돌기 시작했다. 술꾼에게는 그것이 상당히 좋은 기분인 것이다.

"이쯤에서 전 그만 돌아가야 되겠어요……."

그렇게 말하고 여자는 일어서서 경대 쪽으로 다가갔다.

"이별의 건배를 하죠. 아직 그 정도는 남아 있을 거예요……."

여자는 병을 손에 들고 전등 빛으로 비춰 보고 나서, 두 개의 잔에 술을 따랐다. 그러나 얼마 동안은 그대로 놔두었다. 두 개의 잔은 약간 떨어진 채 놓여 있었다.

"돌아가기 전에 화장을 좀 고쳐야겠어요."

여자는 미첼에게 어깨너머로 미소를 보내고 손안에서 콤팩트 뚜껑을 열었다. 그리고 나서 테이블에 상체를 꽉 누르듯이 해서 경대 쪽으로 몸을 내밀었다.

코끝을 분첩으로 두드릴 때마다 분가루가 날려서 떨어졌다. 그러자 그녀는 신경질적으로 경대에 머리를 굽혀서 분을 날려 보냈다. 그러고는 리큐르 잔을 손에 들고 미첼에게 건넸다.

그는 완전히 감격했다.

"내겐 이것이 현실에서 있을 수 있는 일이라고 도저히 생각되지 않소. 당신이 내 곁에 있다……내게 잔을 건네주며……마치 방 안에 카네이션이 피어 있는 것처럼……"

"정말 기분이 좋군요. 자, 술을 드세요"

여자가 재촉하자 미첼은 잔을 손에 들었다. 그러자 그녀는 책망하듯이 말했다.

"아니요. 당신 것은 저쪽이에요"

뜻밖의 날카로운 음성이었다.

미첼은 약간 당황해 하면서 자기 잔을 집어들었다. 그러고는 반 정도 마시고 나서 테이블에 내려놓았다. 그러는 동안 여자는 빤히 잡아먹을 듯이 그를 바라보고 있었다.

"우리는 오늘 밤 처음 만난 게 아니에요"

"물론이오. 어젯밤 엘딘 극장에서……"

"아니, 그것과는 달라요. 당신은 훨씬 전에 날 보았어요. 교회의 돌계단 있는 데서……. 기억하고 있겠죠?"

"교회 돌계단이라고?"

미첼은 멍한 표정이 되어 머리를 힘없이 늘어뜨렸다. 그러고는 가까스로 다시 머리를 들고 중얼거리듯이 말했다.

"그런 데서 당신은 무얼 하고 있었소?"

"난 결혼식을 올리고 있었죠. 자, 이젠 생각나시겠죠?"

그 여자의 말을 꿈처럼 멍하게 들으면서 미첼은 잔에 남아 있는 술을 느릿느릿 들이켰다.

"그렇다면……, 내가 당신이 신부인 모습을 봤단 말이오?"

"예, 그래요"

그녀는 고개를 끄덕임과 동시에 일어서서 라디오 스위치를 켰다. 목을 까르르 울리는 듯한 트롬본 소리가 라디오에서 흘러나왔다. 왠지 불길한 예감이 방 안에 퍼져 나갔다.

여자는 음악에 맞춰 미첼 주위를 돌면서 춤추기 시작했다. 춤은 점점 빨라지며, 치마가 무릎 부근까지 날아올라 갔다.

미첼은 이마에 손을 대고 말했다.

"당신의 모습이 분명하게 기억나질 않소…… 어떻게 된 거죠? 전등 빛이 깜빡깜빡해서 그런 건 아닌지 모르겠는데……."

그는 괴로운 듯이 신음했다. 그것과 동시에 한쪽 손에 들고 있던 잔을 바닥에 떨어뜨렸다. 술잔은 산산조각이 나버렸다.

그는 몸을 가누려고 애쓰기 시작했다.

"가슴이 찢겨 나가는 것 같아! 의사를 불러줘, 빨리!"

"의사 같은 건 이젠 소용없어요."

여자는 춤을 계속 추면서 차갑게 말했다.

그녀는 마치 팽이처럼 빙글빙글 돌고 있었다. 그 모습이 미첼의 희미해진 눈에는 몽롱한 흰빛의 덩어리로밖에 비치지 않았다.

그는 그녀의 발밑에 쓰러져, 입에서 거품을 뿜어내면서 융단 위를 뒹굴며 몸부림쳤다. 그러자 여자는 조금 열려 있었던 문을 닫으려고 하듯 그쪽으로 다가갔다. 그러고는 불현듯 얼어붙은 것처럼 그 자리에 서고 말았다.

누군가가 문 바로 밖에 서 있었기 때문이었다.

금발 머리를 하고 체격이 좋으며, 다소 천박해 보이는 느낌을 주는 여자였다. 미첼과 친하게 지내온, 조금 전에 전화로 말다툼을 한 여인이었다.

검은 벨벳 망토의 여자와 메이벨은 30cm 정도 떨어져서 서로 얼굴을 마주 보고 있었다.

메이벨은 냄비처럼 생긴 것을 갈색 종이에 싸서 들고 있었다. 그녀는 새빨갛게 칠한 입을 커다랗게 벌리고 먼저 얘기하기 시작했다.

"미첼에게 수프를 가져왔어요. 그이가 날 만나고 싶지 않다고 한다면 만나지 않아도 좋아요. 이제야 모든 걸 알 것 같군요. 하지만 이것만큼은 그이에게 말하고 싶어요……."

"뭐죠?"

"따뜻할 때 먹으라고 내가 그러더라고……."

메이벨은 상대방의 어깨너머 문틈으로 살짝 방 안을 살폈다.

망토의 여자가 떨리는 어조로 날카롭게 말했다.

"당신이 이곳에 오는 것을 밑에서 모두 보고 있었죠?"

"예, 봤어요"

"수프를 가져온 것도?"

"예, 그래요"

"자, 어서 돌아가요 이런 곳에서 머뭇거리고 있으면 당신에게 불리해져요. 자, 어서! 그 수프도 가지고 당신이 방에 들어오지 않았다는 것을 모두에게 알려요……."

망토의 여자는 메이벨의 가슴팍을 밀듯이 해서 문에서 떼어놓았다.

메이벨은 복도로 뒷걸음질쳐 물러나면서 눈을 동그랗게 뜨고는 물었다.

"무, 무슨 말이에요? 무슨 말을 하는 거죠, 예? 대체 무슨 일이 있었나요?"

"당신이 사귀고 있는 사람이 방 안에 죽어 있어요. 내가 죽였어요. 그렇지만, 당신을 개입시키고 싶지 않아서 이렇게 말하고 있는데, 정말 어쩔 수가 없는 사람이네. 빨리 돌아가 달라니까요! 난 당신 같은 사람에겐 아무런 원한도 없으니까……."

그러나 그 말이 미처 끝나지도 않은 사이에, 메이벨은 복도를 뛰어가고 있었다. 유리를 할퀴고 지나가는듯한, 뭐라고 표현할 수 없는 그녀의 비명소리가 들려왔다.

망토의 여자도 물론 머뭇거리고만 있지는 않았다. 왔을 때와 마찬가지로 종업원 전용의 뒷문 계단을 이용했다. 그 동작에는 허점이 없고, 모습에도 부자연스러운 데가 없었기 때문에 누구 한 사람 그녀를 의심하려 들지 않았다.

주임 형사 웽거는, 이 헬레나 호텔에서 일어난 독살 사건과 반년 전에 일어난 어떤 회사원의 추락 사건과는 아무래도 관련이 있는 듯한 느낌이 들지 않을 수 없었다.

요컨대, 이 두 가지 사건에 등장한 수수께끼의 여자를 동일 인물이라고 그는 판단했던 것이다.

호텔 19호실 현장에서 발견된 증거품은 타자기로 쳐서 미첼 앞으로 온 편지봉투, 엘딘 극장의 표 반쪽, 그리고 빈 리큐르병 같은 것들이었다. 이런 물건을 단서로 형사들이 조사하고 다닌 결과, 범인일 듯한 여자의 인상은 먼젓번 사건의 여자와는 전혀 달랐다.

"범행 그 자체에는 공통점이 조금도 없군, 웽거."

수사계장이 말했다.

"하나는 앞길이 창창한 젊은 회사원을 높은 건물의 테라스에서 떨어뜨려 살해한 사건. 그리고 하나는 실업자이며, 궁상맞은 남자에게 시안화칼륨을 먹여 살해한 사건이지."

"아닙니다. 범인으로 보이는 여자의 인상 말입니다만, 그것은 간단히 바꿀 수 있다고 생각합니다. 그전에 금발이고 이번에 빨간 머리라고 해도 이상할 것은 없지요. 키도 구두굽의 높낮이로 어느 정도는 조절할 수 있고, 그리고 아이섀도, 분, 볼연지 그 밖에도 여러 가지 화장법에 따라서……."

"흠, 그렇다면 자네는 범인이 동일 인물이라고 믿는단 말이지? 만일, 그렇다고 하면 범행의 동기는 대체 뭘까?"

계장이 계속해서 물었다.

"피해자인 미첼은 방값도 제대로 내지 못하는 남자겠다? 그런데 여자는 하나에 3달러 30센트나 되는 특별식을 두 사람이 만나기 위해서 일부러 샀단 말이지? 그러니까, 돈이나 물건을 훔치는 게 목적은 아닐 거야. 원한……? 설사 그렇더라도 피해자는 그 여자를 전혀 몰랐을 테고……."

"동기는 어제오늘의 얘기가 아닌지도 모르죠. 그 여자의 과거에 반드시 뭔가가 있었을 겁니다."

웽거는 끝까지 자기의 생각을 버리지 않았다.

불길한 전보

수수께끼 여자의 정체도 모르는 채, 또다시 몇 개월이 지난 어느 날의 일이다.

주택가 길거리에서 어린 남자아이가 혼자 놀고 있었다. 예쁜 색깔이 들어간 공을 튕기고 굴리면서 한없이 놀아도 질리지 않는 모양이다. 그런데 그곳을 지나가던 한 젊은 여인이 남자아이 옆에 웅크리고 앉아 생글생글 웃으며 말을 걸었다.

"얘야, 몇 살이지?"

남자아이는 잠시 여인을 쳐다보았다.

"다섯 살. 그래도 이젠 금방 여섯 살이 되는걸."

"그래? 똑똑하기도 해라…… 그런데 넌 어디 살지?"

"아빠 엄마 집이지."

"아빠의 이름은?"

"미스터 모란."

남자아이는 사람들이 말하는 것을 흉내 내며 대답했다.

"어머나, 귀엽기도 해라! 형이랑 누나는 있니?"

"없어."

"그래, 그럼 매일 심심하겠구나."

마치 그 여인의 말이 남자아이의 혼을 빼버리기라도 한 듯, 그 아이는 골똘히 생각하는 표정을 짓고 나서 큰소리로 말했다.

"할머니가 있어."

"그거 좋겠구나. 할머닌 너희 집에 사시니?"

"아니, 할머닌 시골에 있어."

"시골은 어디지?"

"걸리슨. 에이다 이모도 걸리슨에 있는 걸……"

"너, 할머니가 계신 곳에 가본 적이 있니?"

"응, 쪼그마할 때. 하지만 딕스비 선생님이 날 시끄럽다고 했어. 그래서 엄마가 날 데려왔어."

"딕스비 선생님은 할머니의 담당 의사 선생님이시지?"

"응, 하루 종일 봐줘."

"그런데 넌 아직 학교는 안 다니지?"

그 여인의 질문은 남자아이에겐 불만스러운 듯했다. 그는 뽐내면서 대답했다.

"난 유치원에 다닌단 말이야."

"그래, 유치원은 어떤 곳인데?"

"오리랑 토끼랑 소를 그리구……. 내가 소를 그렸더니 베이커 선생님이 금딱지를 붙여줬어."

남자아이는 사랑스러운 듯했으나 여인과의 대화에는 시무룩하는 기색이 엿보였다. 벌써 몇 시간이나 놀이를 방해받은 듯한 기분이 든 것이다. 그래서 그는 불쑥 여인 쪽으로 엉덩이를 돌리고서 공을 차기 시작했다.

낯선 여인은 이윽고 일어섰다.

"이젠 됐어. 저기 가서 놀아요."

여인은 남자아이의 머리를 두어 번 쓰다듬어 주었다. 그리고 그 아이에게 새로운 이미지를 남기기라도 하려는 듯, 애정이 담뿍 담긴 미소를 지어 보이고는 길거리로 사라져갔다.

그러고 나서, 근처의 집 창문에서 엄마인 마거릿이 남자아이의 이름을 부르는 소리가 들렸다.

그녀는 죽 그 창가에 있었던 것 같다. 창문엔 촘촘한 철망이 쳐져 있었으므로 안에서 바깥을 내다볼 수는 있어도 밖에서는 안이 보이지 않는 것이다.

"쿠키, 아까 그 예쁜 아줌마가 네게 무슨 말을 하던?"

마거릿은 상냥하게 물었다. 자기 아이가 지나가던 사람의 눈길을 끌었다는 사실은 엄마에게 기분 나쁜 일만은 아니었던 것이다.

"어서, 그 아줌마하고 무슨 얘길 했니?"

"몇 살이냐고 물어봤어."

"그것만?"

"응."

쿠키는 대강 대답했다. 그런 것보다도 엄마에게 알리지 않으면 안 되는 좀더 중대한 것이 있었다.

"내 말 좀 들어봐, 엄마. 공이 이렇게 높이 튕겨. 이것 봐, 그지!"

"어머나, 정말. 하지만 너무 높게 튕기면 도랑 속에 빠져 버린단다."

"괜찮아……."

공에 넋이 빠진 쿠키는 얼마간 시간이 지나자 좀 전의 여인의 일 같은 건 싹 잊고 말았다.

마거릿은 아이가 거짓말한 것을 다소 불안하게 느꼈을 뿐, 그것도 어느 사이엔가 까마득히 잊어버리고 말았다.

그런 일이 있고 나서 며칠이 흘렀다.

프랭크 모란이 밖에서 점심을 먹고 자신의 사무실에 돌아오자, 아내인 마거릿으로부터 전화가 걸려 왔었다고 한다. 뭐 중요한 일은 아닐 거라고 모란은 생각했다. 돌아오는 길에 시장에서 뭐 좀 사와 달라든가 하는 정도가 대개 아내에게서 걸려오는 전화의 내용이었다.

그러나 그가 외출했을 경우 아내는 대개 교환수에게 용건을 남겨두곤 했었다. 그렇게 하지 않았다는 것은 아마 특별한 얘기인지도 모르겠다.

식사를 한 뒤 머리가 묵직한 상태에 있었기 때문에 모란은 곧바로 일할 기분도 나지 않아서, 천천히 수화기를 집어들고 자기 집에 전화를 걸어보았다.

"프랭크!"

아내의 떨리는 음성이 귀에 울려왔다. 뭔가 심상치 않은 예감이 느껴졌다.

"왜 그래, 마거릿?"

"전화를 해줘서 다행이에요. 난 어떻게 해야 좋을지 몰라 혼자서 안절부절못하고 있었어요. 정말 큰일 났어요! 30분 전쯤에 에이다가 보낸 전보가 도착했어요."

에이다는 어머니와 함께 뉴욕 주 북부에 사는 그녀의 여동생으로, 아직 독신이었다.

"허어……, 뭣 땜에 또 전보 같은걸?"

"그러게요, 괜찮겠어요? 지금 전보를 읽어도……?"

한참 시간이 걸렸다. 앞치마 주머니에서 전보를 꺼내어 한쪽 손으로 펼치고 있는 중이리라.

"전보는, '어머니. 발작이 일어났음. 곧 올 것. 딕스비 선생님이 조심해야 한다고 했음. 에이다.'라고 되어 있어요."

"그렇다면 늘 앓아 오시던 심장병이 도진 모양이군."

모란은 침착하게 얘기하고 있었다. 오히려 일을 서두르지 않으려는 어조였다.

한편, 마거릿은 소리를 내어 울고 싶은 것을 억지로 참는 것처럼 꽉 누른 음성으로 훌쩍훌쩍 흐느끼기 시작했다. 그리고 점점 겁에 질려서 울먹이는 듯한 음성이 되었다.

"당신 어떻게 하겠어요? 걸리슨에 전화를 걸어 보겠어요?"

"와달라고 했으니까 가보는 게 좋을 거야."

"예, 나도 그렇게 생각했는데……."

마거릿은 눈물이 뒤범벅이 된 채로 맞장구를 치면서 말을 이었다.

"에이다는 일을 크게 벌려 말하지 않는 편이죠. 그건 잘 알아요. 그 아이는 매사에 보는 것을 가볍게 생각하는 버릇이 있거든요. 저번에 어머니 병세가 악화되었을 때에도, 그 애는 내가 걱정할까 봐서 병세가 나아질 때까지 알리지 않았을 정도였잖아요."

"하지만 그렇게 조바심을 낼 일도 아니잖아. 지금 당신이 말했듯이 악화됐다 좋아졌다 하는 일이 종종 있었으니까."

"그건 그렇지만……."

마거릿은 어느새 다른 일까지도 염려하기 시작했다.

"내가 가게 되면, 당신이랑 쿠키를 남겨두고 가지 않으면 안 되는데……."

"아니, 여보."

모란은 자존심이 상한 듯이 다소 화를 내면서 말했다.

"내 걱정은 하지 말라고 또, 나도 쿠키를 보살피는 일 정도는 할 수 있단 말이야. 그런 것보다도 빨리 버스 시간이라도 알아보고 준비를 하는 게 어때?"

"예. 버스 시간은 벌써 알아 놓았어요. 저녁 5시에 떠나는 게 있더군요. 그것보다 늦게 되면 밤새도록 가는 것뿐이에요. 그런 여행은 힘이 들 거예요."

"물론 일찍 가는 게 좋지."

"짐도 다 챙겨 뒀어요. 버스 터미널까지 와줘요. 난 유치원에 들러 쿠키를 조퇴시킬 테니까 당신이 집에 데리고 돌아가요……."

"좋아, 알았어."

모란은 언제 끝이 날지 모르는 아내의 긴긴 전화에 완전히 지쳐 버리고 말았다.

유치원 선생님

저녁 5시, 버스 터미널에서 아내를 보내고 나서 모란은 쿠키를 데리고 집으로 돌아왔지만, 도무지 집안일이란 것을 어디서부터 손을 대야 좋을지 전혀 알 수가 없었다.

이 복잡한 일을 죄다 처리하고 정리해 내는 아내의 수완에, 그는 새삼스럽게 감탄하지 않을 수 없었다. 아니, 좀더 과장해서 말한다면 감탄을 넘어서서 경외심까지 느껴질 정도였다.

"하루도 아닌 평생을 날마다 똑같은 일만 반복해야 하니."

모란이 감탄사를 연발하고 있을 때 현관 벨이 울렸다.

그는 집에 돌아오자마자 윗도리를 벗고, 넥타이를 풀고, 와이셔츠 소매는 더러워지지 않도록 걷어 올리고, 허리띠에는 마거릿의 앞치마를 얽어맸다. 그런 모습으로 바쁘게 움직이고 있었다.

표현은 이렇게 했지만, 그가 한 일이라고는 사실 마거릿이 준비해 놓은 식사를 데우기 위해서 성냥을 그어 가스에 불을 붙인 정도의 일이었는데도, 스스로는 몹시 바쁜 느낌이 드는 것이었다.

아까부터 테이블에서 기다리다 지친 쿠키 앞에 그가 겨우 음식물을 늘어놓고 있을 때, 또다시 벨이 울렸다.

"하필이면 지금 손님이라니! 이런 꼬락서닐 본다면 웃음거리가 되겠는데……"

모란은 한심스러운 듯이 자신의 몰골을 쳐다보고 다시 아이 쪽을 바라봤다. 엄마와 함께라면 얌전했을 게 틀림없을 쿠키가 이것저것 음식을 숟가락으로 헤쳐 놓고 있었다.

"어이쿠, 머리야!"

이미 포기했다는 표정으로, 모란은 머리카락을 손가락으로 쓸어 올리며 현관문을 열어 갔다.

손님은 여자였다. 그가 모르는 여자였다. 하지만 꽤나 단정한 여인이었다.

그녀는 한쪽 구석에 물망초 꽃이 수놓아져 있는 모란의 앞치마를 보고도 특별히 이상한 얼굴을 하지 않았다. 그리고 가능한 한 그의 모습에서는 눈을 돌리려고 했다.

젊고 아름다운 여자였다. 그러나 자신의 아름다움이 눈에 띄지 않도록 신경을 쓰고 있는지, 장식이 하나도 없는 단순한 감색 투피스 차림이었다. 머리는 붉은빛을 띤 금발인데, 그것을 머리핀 같은 것으로 꽉 고정시키고 있었다. 얼굴은 거의 화장기가 없었다. 그리고 관자놀이 부근에 살짝 주근깨가 나 있었다.

그런 모습으로 꽤나 애교 있게 살포시 웃고 서 있는 사람은, 젊은 여성이라기보다는 차라리 귀여운 소년 같았다.

"여기가 쿠키네 집이죠?"

"그렇습니다만……. 하지만, 마침 아내가 집에 없어서……."

"알고 있습니다, 모란 씨."

그녀는 그 점이 안됐다는 듯한 투로 말했다.

"사모님이 쿠키를 데리러 오셨을 때 말씀을 하시더군요. 실은 그래서 이렇게 실례를 무릅쓰고 찾아오게 되었습니다. 전 쿠키의 유치원 선생인 베이커라고 합니다."

"아아, 선생님이시군요."

모란은 그 이름을 기억해 냈다.

"우리 아이 때문에 고생이 많으시죠? 선생님 말씀은 집사람에게서 많이 들었습니다."

두 사람은 악수를 했다.

그녀는 유치원 선생답게 모란의 손을 감정 없이 공손히 잡았다.

"사모님이 찾아와달라고 하시지는 않으셨습니다만, 집을 비우는 것을 대단히 걱정하시는 눈치였기 때문에 제가 실례인 줄 알면서도 찾아온 겁니다. 더구나 곧 오신다고 하셔서……. 저, 아무 거라도 제가 할 수 있는 일이 좀 있을는지요?"

"그러세요? 그렇게 되면 너무 폐만 끼치는 건 아닌지……."

모란은 안도와 감사의 한숨을 동시에 내쉬었다. 그리고 마음속으로 생각한 것을 그대로 입 밖에 내어 말했다.
 "진정 당신은 구원의 신이오, 베이커 양."
 그때가 되어서야 비로소 그는 '물망초 앞치마'에 생각이 미쳐, 재빨리 벗어서 한 손으로 둘둘 말아 뒤로 감추었다.
 모란을 따라 식당 입구까지 와서, 베이커 양은 걱정스럽게 방 안을 둘러보고는 '휴!' 하고 숨을 내쉬었다. 식탁이나 마루 위는 쿠키가 흩뜨려 놓은 음식들로, 마치 폭풍이 휩쓸고 지나간 뒤처럼 되어 있었다.
 "마침 알맞게 왔군요……. 쿠키, 기분은 어때?"
 베이커 양은 아이의 얼굴을 쳐다보았다. 옆에서 모란이 말했다.
 "선생님이 와주셨단다, 자, 인사를 해야지?"
 쿠키는 한참 동안 눈 하나 깜빡이지 않고 전연히 그녀의 얼굴을 쳐다보고 나서, "아녜요." 하며 무감각하게 중얼거리고는 고개를 돌려버렸다.
 "어머, 이상한 아이네. 쿠키, 이쪽으로 고개를 돌려서 내 얼굴을 잘 봐요. 베이커 선생님을 잊어버렸어요?"
 그녀는 타이르듯이 말하고, 쿠키의 턱을 손가락으로 콕 찌르면서 모란 쪽으로 미소를 보냈다. 그것은 마음에 찔릴 것이 없는 사람만이 지을 수 있는 해맑은 미소였다.
 모란은 우둔한 자식을 둔 아버지처럼 몹시 당황한 빛으로 말했다.
 "얘야 어떻게 된 거냐? 유치원 선생님을 다 모르다니?"
 "아니라니까."

쿠키는 완강하게 부인했다.

베이커 양은 어찌할 바를 몰라 하는 얼굴이었다.

"유치원에선 이러지 않았는데요."

"그렇겠죠. 저도 어찌된 영문인지 확실히 모르겠는데, 혹시……."

모란은 마거릿이 버스를 타고 떠나기 전에 남기고 간 말을 문득 생각해냈다.

"집사람이 떠나는 길에 주의를 주더군요. 이 아이가 요즘 들어 이따금씩 거짓말을 한다고요. 어쩌면 그래서일지도 모르겠습니다."

"아, 그러세요? 하지만 염려 마세요. 전 아이들 다루는 덴 익숙해져 있으니까……."

베이커 양은 생각난 듯이 핸드백을 열고 접어놓은 도화지를 꺼냈다. 그러고는 그것을 펼쳤다. 크레용으로 그림이 그려져 있었다. 어린애의 손으로 꼼꼼하게 그려진 그림이었다.

쿠키는 힐끔 그것을 바라보았지만, 별달리 자랑스러운 얼굴을 하지 않았다.

"자, 쿠키. 오늘 아침 교실에서 이걸 그린 것을 기억하지 못해요? 선생님은 그때, '아주 잘 그렸어요.' 하고 칭찬해 주었죠? 그래서 금딱지를 붙여 주었잖아요?"

옆에서 듣고 있던 모란도 엉겁결에 눈을 가늘게 떴다. 분명 그 '금딱지가 붙은 크레용 그림'은 지금까지도 몇 번인가 아이가 보여 준 적이 있었던 것이다.

쿠키는 이윽고 상대방을 알아본 듯했다. 그러나 그는 아직도 경계를 풀지 않은 태도를 보였다.

"그런데, 어째서 베이커 선생님처럼 대하질 않는 거냐?"
모란은 꾸짖듯이 말했다.
베이커 양은 또다시 모란 쪽으로 미소를 보냈다.
"안경 때문일 거예요. 교실에서 제가 각이 진 안경을 쓰고 있는 걸 늘 봐온 탓이죠. 그걸 쓰지 않고 왔으니까……. 이런 점은 아동 심리의 흥미로운 점이에요. 그렇지 않겠어요? 이를테면, 항상 눈에 익어 있는 안경을 쓰고 있지 않은 전 베이커 양이 아닌 게 되는……."

그녀는 이제 그런 문제는 다 해결됐다는 듯, 활짝 갠 표정으로 재빠르게 모자며 윗도리를 벗고 주방으로 다가갔다.
"도와드려도 괜찮겠죠? 식사는 어떻게 하셨나요, 모란 씨?"
"아니, 전 괜찮습니다."
그는 마음과는 반대의 말을 했다.
"전 나중에 밖에 나가 사먹으면 됩니다……."
"어머, 아니에요. 그러실 필요 없어요. 얼른 뭐 좀 만들어 보죠. 저녁 신문이라도 보고 계세요. 사모님이 계실 때처럼 그냥 편안히 쉬고 계시면 돼요."
"어이쿠, 선생님, 정말 이래도 되는 건지……."
모란은 오로지 감사의 탄사만 연발할 뿐이었다.

엄마는 대소동꾼

뉴욕과 걸리슨과의 거리가 갑자기 멀어졌을 리도 없을 텐데, 버스 시간이 너무나 오래 걸리는 것만 같아 초조하기 이를 데 없었다.

드디어 걸리슨에 도착했을 때는 밤 10시 30분 정각이었다.

마거릿은 다른 승객을 팔꿈치로 밀쳐 내다시피 하면서 제일 먼저 버스에서 내렸다. 아무도 마중을 나오지 않았으나 그녀는 전혀 이상하다고는 생각하지 않았다. 동생인 에이다는 환자 곁을 떠날 수 없었을 것이니, 마중 나와 주기를 바라는 쪽이 무리한 일이라는 것을 알고 있었던 것이다.

버스 터미널을 나오자, 걸리슨의 밤거리가 휘황찬란하게 펼쳐져 있었다. 번화가의 혼잡함은 지금이 한창인 것 같았다. 영화관도 약국도 모두 번쩍번쩍하는 불빛으로 빛나고 있었다.

마거릿은 약국 앞의 보도에 옹기종기 모여 있는 소녀들 곁을 빠져 지나갔다. 모두가 10대 소녀들뿐이었는데, 꽤나 소란스럽게 떠들어내다가 마거릿이 지나가자, 그중 한 소녀가 돌아다보며 친구에게 속삭였다.

"방금 지나간 여자, 마거릿 언니잖아? 이런 시간에 오다니 무슨 일일까?"

마거릿은 약간 머리를 숙인 채로 컴컴한 보도를 서둘러 걸었다. 그녀는 멈춰 서서 사람들과 얘기를 하고 싶지 않았다.

사람들에게 묻는다면 환자의 용태를 다소나마 알 수 있을지도 모르겠지만, 그것을 다른 사람의 입에서 먼저 듣고 싶지는 않았던 것이다. 좋은 소식이든 나쁜 소식이든 곧장 집으로 가서 집안 식구에게서 직접 듣고 싶었다.

그런데도 좀 전의 소녀가, '이런 시간에……'라고 한 말은 마거릿의 가슴을 잠잠하게 해주지는 않았다.

"무슨 의미일까? 어쩌면 이미······."

그렇게 생각하니 다리가 마비되어 버리는 듯했다. 그래서 더욱 걸음을 재촉했다.

드디어 눈앞에 그녀의 친정집이 모습을 드러냈다. 그녀는 숨을 들이마셨다.

"역시 그랬었구나! 집 안에 불이 켜져 있잖아······!"

떨리는 마음을 억지로 달래면서 마거릿은 흰 건물의 현관 앞에 이르렀는데, 이번에는 더욱 강한 공포감에 휩싸이고 말았다.

리넨 커튼 너머로 많은 사람들의 그림자가 어른거리는 것이 보였기 때문이다. 그림자뿐만이 아니라 안에서는 술렁거리는 소리마저 들려왔다. 마치 환자의 임종이 가까워 이웃사람들이 잔뜩 모여든 것 같은 모습이었다.

그녀가 손을 뻗어 얼음처럼 차디찬 손가락으로 벨을 누르자, 순간 집 안의 시끌시끌한 술렁거림은 한층 더 소란스러워졌다.

날카로운 목소리가 안에서 들려왔다.

"내가 나가 볼래요!"

그러자 또 다른 목소리가 가로막고 나섰다.

"아냐, 내가 나갈 테다!"

두 목소리가 앞을 다투며 시끄러운 발소리가 울려왔다. 서로 상대를 밀쳐내고 옥신각신하면서 뛰어나오는 모양이다.

이내 문이 활짝 열리고, 집 안의 노란색 불빛이 마거릿을 정면으로 비추었다. 그 역광선 속에서 두 개의 그림자가 멈춰 섰다.

둘 다 머리에 기묘한 모양의 것을 쓰고 있었다.

"내가 맞았어! 내가 말한 대로잖아!"

작은 그림자가 들떠서 소리쳤다.

마거릿은 충격의 연속으로 심장이 터져 나갈 것만 같았다. 손에 들고 있던 무거운 가방을 쿵 하고 떨어뜨리고 말았다.

"어, 어머니!"

목소리가 쉬어 있었다.

그녀는 어머니에게 그대로 안겨들었다. 또 하나의 그림자는 에이다이며, 그녀는 파티용 종이 모자를 쓰고 있었다.

"마거릿 언니, 용케 내 생일을 기억해 주었네. 이렇게 멋진 손님이 달려와 주실 줄은 꿈에도 몰랐어……"

방에 들어가고 나서, 세 사람은 제각기 동문서답을 주고받기 시작했다.

"하지만, 에이다, 좀 너무했어."

마거릿이 불만스러운 듯이 말했다.

"간단히 말하겠지만, 내가 이곳까지 오면서 기분이 어땠는지 알아? 어머니가 발작을 일으키셨다니, 못된 장난질 작작해라. 그이가……, 프랭크가 이 사실을 알면 얼마나 화를 낼지 상상도 못하겠어."

마거릿이 크게 나무라자, 어머니와 에이다는 어쩔 줄을 모르면서 당혹스런 표정이 되었다. 발작은커녕 나이는 들었어도 기력이 좋은 어머니는 새처럼 활달한 모습으로 어이없어하며, "얘가 대체 왜 이러지?" 하고 에이다에게 묻는 것이었다.

"나도 무슨 말을 하는 건지 도통 모르겠어요."

에이다도 영문을 모르겠다는 듯이 대답했다.

그러자 마거릿이 말했다.

"난, 오늘 정오가 지나서 네 전보를 받았단 말이야. 어머니가 발작을 일으켰으니 얼른 와달라고 네가 전보를 쳤잖아? 게다가, 딕스비 선생님의 이름까지 들먹거리고선? 장난치고는 도가 지나쳤어."

마거릿은 오랜 시간 긴장 속에서 조바심을 태워온 데 대한 반작용과 동생에 대한 분노가 합쳐져 감정이 복받쳐 올라, 느닷없이 엉엉 소리를 내면서 울기 시작했다.

"아, 그 딕스비 선생님도 오셨단다."

어머니는 여전히 새처럼 얼떨떨해하며, "난 지금 그 선생님과 함께 춤도 췄지. 그래, 에이다랑도……." 하며 고개를 돌렸으나, 에이나는 생일 파티의 흥분도 이젠 식어비리고, 그야말로 발각이 일어난 병자처럼 새파랗게 질려 있었다.

그녀는 한 발 뒤로 물러선 뒤, 떨리는 음성으로 마거릿에게 말했다.

"난 언니한테 전보 같은 걸 친 적 없어!"

한편, 뉴욕의 집에서는 베이커 양이 만들어준 식사에 모란은 아주 만족해하고 있었다.

"집사람도 이렇게 요리를 맛있게 만들진 못합니다. 아니, 이건 빈말로 하는 게 아닙니다."

모란은 아주 진지한 얼굴로 말했다.

"마거릿이 돌아와서, 당신이 이렇게 도와준 사실을 알면 무척 고마워할 겁니다. 다음번엔 우리의 손님으로 식사에 초대할 테니 꼭 와주십시오."

"예, 고맙습니다. 기꺼이 오겠어요."

베이커 양은 애쓴 보람이 있었다는 듯, 만족스러운 미소를 만면에 띠어 보였다. 그리고 나서 그녀는 조용히 자리에서 일어나 식기들을 치우기 시작했다.

"모란 씨, 부담 갖지 마시고 그냥 계세요. 제가 얼른 이것들을 씻어 놓겠어요."

"아니, 그러실 필요까진 없습니다. 거기다 쌓아만 놔주십시오. 집안일을 도와주는 흑인 여자가 내일 와서 씻을 겁니다."

"아뇨, 대단한 일도 아닌데요, 뭐. 더군다나 전 설거지가 주방에 쌓여 있는 건 딱 질색이에요. 얼른 끝내겠어요."

"그것참. 글쎄요, 뭐 꼭 그렇다면야……."

모란은 점점 더 감탄해 마지않았다. 이렇게 멋진 여자와 결혼하는 남자는 굉장히 행복할 거라고 생각했다. 그녀가 아직까지 독신이라는 것이 오히려 이상할 정도였다.

베이커 양이 식당 입구까지 와서, 행주로 큰 접시를 훔치면서 그에게 말을 걸었다.

"이제 곧 끝날 거예요. 뭘 하고 계시나요?"

"아들 녀석하고 저는 너무나도 기분이 좋습니다."

모란은 어깨너머로 돌아보며 말을 이었다.

"집사람의 전화를 기다리는 중입니다. 그곳에 도착하는 대로 상황을 알려 준다고 했거든요."

"전화가 걸려올 시간이 지났나 보죠?"

"아니, 아마……."

모란은 시계를 힐끔 쳐다보았다.

"10시 반이나 11시경쯤 될 거예요."

베이커 양은 고개를 끄덕이고 말했다.

"접시를 다 닦아 놓고서 내일 아침에 마실 오렌지 주스를 만들어 놓겠어요. 2인분을 컵에 짜서 냉장고에 넣어둘게요."

"괜찮습니다. 그런 것까지 해주시지 않아도……."

"아뇨, 괜찮아요. 쿠키에겐 매일 마시게 해야 해요. 아이들에겐 제일 좋은 음료수이거든요."

그녀는 그 모든 주방일을 솜씨 좋게 단숨에 해치우고 식당에 나타났다.

"자, 이젠 다 끝났어요. 쿠키, 5분이나 10분 정도 선생님과 함께 놀까? 그러고 나서 코 자는 거예요."

그 말을 들은 모란은 자기 혼자만 태평하게 있는 것이 정말 염치없는 것 같아 읽고 있던 신문을 얼굴에서 떼며 물었다.

"저, 뭐, 제가 할 일은 없을까요?"

"그냥 계시면 돼요."

베이커 양은 상냥함이 깃든 명령조로 말했다.

"선생님은 그냥 신문을 읽고 계세요. 전 지금부터 꼬마도련님과 술래잡기를 할 테니까……."

76 검은 옷의 신부

새카만 밀실

걸리슨에 있는 친정집 거실에는 어머니와 동생인 에이다, 딕스비 의사와 그밖에 파티에 초대된 사람들이 가까이 모여앉아, 마치 괴담이라도 들은 뒤의 표정으로 소곤소곤 얘기를 주고받고 있었다.

전화를 걸러 갔던 마거릿이 다시 그 자리로 돌아왔는데, 그녀는 걱정스러운 얼굴을 하고 말을 꺼냈다.

"전화를 받지 않아요. 계속 신호를 보내도……. 프랭크가 외출했는지도 모르긴 하지만, 설마 이런 시간에……. 만일 밖에 나갔다면 쿠키는 어떻게 했을까요? 이렇게 밤늦게 아이를 데리고 나갔을 리도 없을 테고? 게다가 그이는, 집은 절대로 비우지 않겠다고 약속했거든요."

그녀는 마음을 가라앉히지 못하고, 옆에 있던 에이다에게서 어머니한테로, 또 딕스비 의사 쪽으로 계속 시선을 옮겨갔다.

"내가 역시 빨리 돌아가 봐야겠어요. 그 방법밖엔 없겠죠?"

일제히 반대의 소리가 나왔다.

에이다는 마거릿의 손을 꽉 잡으며 말했다.

"지금 뉴욕으로 돌아가겠다고? 말도 안 돼. 언니는 녹초가 되어서 쓰러져 버릴 거야. 뭐 꼭 빨리 가봐야겠다면, 내일 아침까지만 참고 기다려봤다가 그 뒤에 어떻게 해봐, 언니."

"아냐, 그렇게 느긋하게 있을 수는 없어. 아무리 생각해도 그 전보가 마음에 걸려. 뭔지는 모르겠지만 몸이 오싹오싹해서 가만히 있지를 못하겠어. 그 일은 단순한 장난이 아니야. 분명히 불길한 일이 있는 거야! 무슨 사고가 일어난 거야! 장난삼아 그런 거짓 전보를 치는 사람이라면 진짜 무슨 일을 저지를지도 몰라……."

"자, 침착해요."

딕스비 의사가 위로하듯이 말했다.

"마거릿, 다시 한 번 전화를 걸어봐요. 지금쯤 남편이 돌아와 있을지도 모르잖소. 난 마거릿이 태어났을 때부터 알고 있을 정도이니까 인생에 대해서 알아도 좀더 많이 알 거요. 인생에는 이렇게 예상치도 못한 일이 가끔 일어나는 겁니다……."

"알고 있어요, 선생님. 하지만 전 그 전보가 아무래도 이해가 안 돼요."

"흠, 그렇게 꼭 돌아가겠다면 내 차로 버스 터미널까지 데려다 주지. 그전에 다시 한 번 집에 전화해 보지 않겠소?"

마거릿은 그 말에 순순히 따랐다. 모두들 마거릿의 뒤를 줄줄 따라서 복도까지 나와, 전화를 거는 그녀를 반원형으로 둘러싸고 묵묵히 지켜보았다.

"여보세요, 다시 뉴욕으로 연결해 주세요……. 예, 아까 걸었던 번호예요."

그러나 마거릿은 이내 침울하고 답답한 표정으로 수화기를 내려놓고서, 모두에게 고개를 저어 보였다.

모란은 신문을 구석구석까지 다 읽어버렸다. 그러고는 아무런 생각도 없이 멍청하게 앉아 있었다. 이렇게 만족스럽고 기분 좋은 상태가 그렇게 자주 있는 것은 아니었다.

그의 귀에는 집 안을 뛰어다니는 발소리가 이따금씩 들려왔다. 그러고는 갑자기 폭발하는 듯한 쿠키의 큰 웃음소리……

"드디어 잡았어요!" 하고 외치는 베이커 양의 목소리……

"이젠 됐지?"

베이커 양의 쾌활한 목소리가 반복된다.

"아직 조금 더……"

쿠키의 대답은 저 밑바닥에서 들려오는 것처럼 멀고 희미했다.

아이들과 놀아주려면 저런 식으로 아주 자연스럽게 마음의 여유를 가지고 대하지 않으면 안 될 거라고 생각하며, 모란은 자꾸만 감탄할 수밖에 없었다.

"과연 전문가로군."

그가 입 밖에 내어 중얼거렸을 때, 당사자인 베이커 양이 식당 입구에 모습을 드러냈다.

"저 아이가 계단 밑의 창고에 숨어 있어요……"

그녀는 자신도 아이들처럼 눈을 빙글빙글 굴리면서 모란에게 말했다.

"그런데, 그런 곳에 들어가도 괜찮을까요?"

"걱정하실 필요 없습니다. 위험한 물건은 하나도 없거든요. 낡은 옷가지들만 처박혀 있어서……"

그러자 쿠키의 음성이 희미하게 들려왔다.

"이젠 됐어요……"

베이커 양은 그쪽을 돌아다보았다.

"자, 이제 가요!"

한마디 해두고 나서, 그녀는 나타났을 때와 마찬가지로 발소리를 죽여가며 식당을 나섰다. 그리고 더욱 재미있게 하기 위해서 일부러 다른 방향으로 소리를 지르며 가고 있는 것 같았다.

잠시 뒤, 드디어 찾아냈는지 그녀의 소리 죽인 웃음소리가 들려왔다. 모란도 혼자서 킥킥거리기 시작했는데, 별안간 그의 이름을 부르는 소리에 깜짝 놀라 소파에서 벌떡 일어섰다.

베이커 양의 목소리에는, '좀 도와주세요!' 하는 울림이 담겨 있는 듯이 느껴졌던 것이다. 모란이 그 장소로 달려갈 때까지 벌써 두 번이나 자기 이름을 부르는 소리를 들었다.

베이커 양은 창고 문에 붙어 있는 구식 쇠손잡이를 열심히 잡아 당기고 있었다. 새파랗게 질린 얼굴빛이었다.

"열리질 않아요! 그래서 아까 물어본 건데……."

"아니, 그렇게 놀라실 필요 없습니다. 아무 일도 아니오."

모란은 손잡이를 붙잡고 문에 평행으로 약간 비틀었다. 고리가 벗겨지고 육중한 떡갈나무 판자가 끽하고 열렸다.

그 판자문은 계단 뒤쪽으로 설치되어 있었고 높이는 보통 방문의 반 정도, 폭은 그것보다 조금 넓었다. 바닥에 직접 닿지는 않았으나 판자문 아래로 15cm 정도의 토대가 만들어져 있었다. 쿠키는 팔짝팔짝 뛰면서 그 속에서 나왔다.

"이것 봐요. 아무 일도 아니란 걸 아셨죠?"

모란은 베이커 양에게 웃으면서 말을 했다.

"당신은 앞쪽으로 당겼어요. 고리에 용수철 장치가 되어 있기 때문에 손잡이를 위로 잡아 올려 벗겨 내야만 합니다."

"정말 그렇군요. 전 머리가 좋지 않은가 봐요."

베이커 양은 부끄러워하는 것 같았다.

"하지만 정말 깜짝 놀랐어요. 아무리 해도 열리지 않아서 우리 도련님이 질식하는 게 아닌가 생각했으니까요."

"정말 미안합니다."

모란은 나쁜 쪽이 자신과 문짝이기라도 하다는 듯 머리를 숙이고 사과했다.

"만일 최악의 경우가 생겼더라도……."

베이커 양은 심각한 눈빛으로 말을 이었다.

"당신이라면 문짝을 부쉈겠죠?"

"물론이죠. 한번 몸으로라도 부딪쳐 봤을 겁니다."

모란은 고개를 끄덕였다.

그녀는 놀란 얼굴을 하고서 상대의 건장한 체격을 살펴보았다.

"하지만 맨손으로는 좀 무리가 아닌가요? 어깨로 부딪친다고 해도……."

"아, 그야 그 문은 튼튼한 떡갈나무로 만들어져 있으니까 당연하죠. 이것 좀 보십시오, 자그마치 두께가 5cm나 됩니다."

모란은 문짝을 조금 당겨 보이면서 말했다.

"이 창고는 장소가 좋질 않아요. 어른이 들어가면 몸이 양쪽 벽에 닿아 버리죠. 조금도 움직일 수가 없습니다. 게다가 계단 밑이라 천장이 기울어져 있어서 안에서는 곧바로 설 수조차 없는걸요……."

얘기하는 사이에 갑자기 베이커 양은 낮은 입구를 통해 컴컴한 창고 속으로 들어가는 것이었다. 모란이 놀라고 있는데 손바닥으로 양쪽 벽을 두드리는 소리가 들려왔다. 그러고는 한참 뒤에 그녀는 나왔다.

"정말 빈틈없이 되어 있군요. 문이 열려 있어도 안은 숨이 막힐 것 같아요. 이런 곳에 갇혀 있으면 얼마간이나 살 수 있겠어요?"

모란은 밑도 끝도 없는 질문에 어찌할 바를 몰랐다.

"글쎄요. 잘은 모르겠습니다만, 한 시간 반이나 두 시간, 대충 그 정도 되겠죠……"

대답을 하고 멍하니 판자문을 바라보다가 마지막으로 불쑥 말했다.

"이 문은 아주 조금의 틈도 없이 닫히니까요."

베이커 양은 자기가 먼저 꺼낸 얘기였지만, 불쾌한 경우라도 당한 듯이 살짝 얼굴을 찌푸렸다. 그러고는 쿠키의 겨드랑이 밑을 받치듯이 해서 침실 쪽으로 데려가려고 했다.

그러나 술래잡기 놀이의 재미로 아직 흥분해 있는 쿠키는, "한 번만 더 해, 한 번만 더." 하고 졸라대며 말을 안 듣는 것이었다.

그녀는 결국 두 손 들었다는 듯이 고개를 끄덕여 보였다.

"그럼, 정말 딱 한 번만이에요. 그리고 나서는 침대로 들어가는 거예요."

"예, 선생님."

"약속하지, 쿠키?"

"예."

모란은 두 사람의 목소리를 들으면서 소파로 돌아갔다. 그러고는 거의 다 읽은 저녁 신문을 다시 집어들었다. 그는 가지고 있지도 않은 주식 기사까지 훑어보았다. 독자 투고란까지 읽었다. 그 어느 것도 그에게는 재미가 없었다.

그는 생각난 듯이 여송연을 한 대 꺼내어 불을 붙였다. 오늘 함께 점심을 먹은 사무실 손님에게서 받은 것이다. 파란 연기를 동그랗게 내뿜으면서 그는 다시 한 번 기분 좋은 상태에 빠져들어 꾸벅꾸벅 졸고 있었다.

완고한 형사

어느 정도 시간이 흘렀을까? 뭔가 부드러운 것이 발을 간질이는 바람에 모란은 눈을 떴다.

잠이 덜 깬 눈동자로 발 근처를 바라보니 쿠키가 조그만 동물처럼 그 부근을 기면서 돌고 있는 것이다. 머리를 바닥에 스칠 정도로 숙이면서…….

"아니, 아직도 술래잡기를 하고 있니?"

모란은 부드럽게 말했다.

"으응, 우린 술래잡기는 벌써 끝났어. 베이커 선생님이 반지를 잃어버렸거든. 그래서 내가 함께 찾아보고 있는 거야."

쿠키는 아버지가 모르는 중대 사건을 가르쳐 주고 있다는 듯이 제법 어른스런 흉내를 내며 종알거렸다.

그때, 복도 쪽에서 베이커 양의 목소리가 들렸다.

"쿠키, 찾았어요?"

그 목소리를 듣자 모란은 곧 소파에서 일어났다.

"저 선생님은 분명히 반지를 끼고 있었어. 처음에 현관에 들어설 때 본 기억이나……"

그는 복도를 걸으면서 혼잣말을 했다.

베이커 양은 양손으로 무릎을 누르고, 엉거주춤한 자세로 복도의 구석 쪽을 찾아보고 있었다. 계단 밑의 창고 문이 열린 채로 있는 것은, 그곳도 조사해 보았다는 증거이리라.

"손가락에서 빠져 달아난 것을 전 여태까지 조금도 알아차리지 못했어요." 그녀는 말했다.

"하지만 어딘가에 굴러 떨어져 있을 거예요. 그 반지는 졸업 선물로 어머니가 주신 거죠. 그래서 없어지면 좀 곤란해요."

"창고 안은 어떻게 됐죠? 찾아봤습니까?"

"예."

"다시 한 번 들어가시서 천천히 찾아보는 게 어떨까요? 조그만 벽 틈새라든가……, 판자문의 문턱에 혹시……."

"글쎄요."

베이커 양은 엉거주춤한 자세로 목을 조금 틀고는 모란의 얼굴을 힐끔 바라보았다.

"아깐 불이 없어서 자세히는……."

"아, 잠깐만요. 제가 성냥을 가지고 있으니까 제가 한번 찾아봐 드리죠."

모란은 창고에 들어가 성냥을 그었다. 그러고는 안쪽을 향해 돌아앉았다.

그 순간, 베이커 양의 흰 손이 손잡이를 잡더니, 튼튼한 떡갈나무 문은 쾅하고 커다란 소리를 내면서 굳게 닫히고 만 것이다.

주임 형사 웽거는, 이번에 일어난 프랭크 모란의 질식 사건에 대해서도 계장과 여러 가지로 의견이 엇갈렸다.

계장은 현장 검증이나 다른 형사들의 조사 결과에 비추어 보아서 모란의 죽음은 자기 자신의 과실에 의한 것이라는 판단으로 기울어져 있었고, 웽거의 생각은 타살 쪽으로 강력하게 돌아서기 시작하고 있었던 것이다.

"하 참, 자네의 그 왕고집은 새삼스러운 일도 아니네만, 이번만큼은 조금 냉정해져 보지그래."

계장은 달래듯이 말했다.

"무엇보다 유감스러운 건, 그 이상한 전보가 없어졌다는 점일세. 모란 부인 앞으로 온 그 전보 말이네. 그 귀중한 증거품은 집 안 구석구석까지 빠짐없이 찾아봐도 발견되질 않았다네. 요컨대 어른의 소행이라 인식되는 점은, 그 집의 전화선이 끊겨 있다는 것과 아이의 침대 위에 편지를 써놓은 게 있었다는 것, 그 두 가지 사실 뿐이네."

"그렇다면 창고의 판자문 틈을 떡밥으로 발라 놓은 것도 아이의 소행이라 말씀하시는 겁니까?"

웽거는 일그러진 얼굴로 반문했다.

"흠, 그 쿠키라는 아이에게 떡밥을 사용하게 해서 실제로 시험해 보았지. 그랬더니 너끈하게 아이라도 해낼 수 있다는 사실을 알게 되었네. 모란은 아이와 함께 술래잡기를 하다가 실수로 창고 안에 갇혀 버린 거지. 아이는 아무것도 모른 채 문을 발라버리고……."

"그 쿠키가 어떤 '여자'도 함께 있었다고 한 말은 어떻게 되는 겁니까?"

"그건 말일세, 틀림없이 모란에게 애인이 있어서 부인이 집을 비운 사이에 들어온 게 아닐까? 거짓 전보도 그 여자가 쳤을 거야. 그런데, 의외의 사건이 발생했기 때문에 여자는 당황해서 편지를 써놓고 도망쳤을 테고……."

"꽤나 간단한 추리로군요. 아니, 죄송합니다. 어쨌든지 저는 다시 한 번 그 아이를 만나보겠습니다."

웽거 형사는 수사본부를 나와 모란의 집을 찾아갔다. 사복형사나 여순경들이 쿠키를 에워싸고 위협하기도 하고, 달래 보기도 하고 있었다. 그러나 그들이 조금도 성공하지 못하고 있는 것은 웽거도 금방 알 수 있었다.

"이봐, 자네들. 그런 어린애를 괴롭혀서 뭘 어쩔 셈들인가?"

"아뇨, 괴롭히는 것은 아닌데요……."

형사들은 주임인 웽거에 대해서이긴 하지만 다소 불만스러운 듯한 어투로 그렇게 대답했다.

쿠키는 자기를 동정해 줄 사람이 나타난 걸 알자, 그쪽을 향해 침울한 얼굴을 돌리더니, 그만 '아앙!' 하고 울음보를 터뜨리고 말았다.

"얘야, 아저씨한테 오렴."

웽거는 의자에 앉아서 쿠키의 손을 끌어당겨 잡고는 자신의 한쪽 무릎에 앉혔다.
 "자, 맛있는 걸 줄까?"
 그는 호주머니에서 젤리 과자를 한 움큼 꺼냈다.
 "이걸 먹으면서 아저씨와 얘기 좀 할까?
 "예, 좋아요."
 "아빠 문젠데, 그때 아빠는 왜 창고에 들어가셨지? 네가 '들어가세요.' 하고 말했니?"
 "아니에요……, 아무도 말하지 않았어요. 아빠는 혼자서 들어갔어요. 우린 술래잡기를 하고 있었거든요."
 "거기서 이 애의 대답은 끝이에요." 여순경이 끼어들었다.
 "아무리 물어도 거기서 더는 나오지 않습니다."
 "제발 좀 잠자코 있어줘!"
 웽거는 여순경을 돌아보며 불만스러운 듯 그렇게 말했다. 그러고 나서 다시 쿠키와의 '대화'를 계속했다.
 "술래잡기는 누구누구하고 했지, 응?"
 "우리들요."
 "그랬구나. 그럼, 우리들이란 누구를 말하는 거니? 너와 그리고?"
 "나와 아빠, 그리고 그 여자예요."
 "그 여자라니 어떤 여자?"
 "같이 있던 그 여자."
 "그래. 그런데 같이 있었던 여자는 어떤 사람이지?"
 "저……그……저……."

쿠키는 말하고 싶지 않을 리가 없었다. 단지 그 애로선 어려워서 설명할 수가 없었던 것이다.

"아 참, 우리하고 함께 술래잡기를 하던 그 여자예요!"

쿠키는 갑자기 생각났다는 듯이 큰소리로 말했다. 그러고는 근사한 대답을 했다고 생각했기 때문에 몹시 득의양양해했다.

웽거는 콧구멍을 부풀리는가 싶더니 '후' 하고 실망의 한숨을 내쉬었다.

그러자 그때까지 묵묵히 지켜보고만 있던 형사 하나가 웽거를 위로할 셈으로 말했다.

"어휴, 항상 그런 식으로 빠져나간단 말입니다. 이 꼬마, 이다음에 크면 아주 만만치 않겠어요."

"시끄럽네! 쓸데없는 얘긴 하지 말아 달라고 했잖나!"

웽거는 천성적으로 타고난 신경질을 부리며 호통을 쳤다.

알리바이와 고백

쿠키는 불안한 듯이 웽거를 바라보았다. 자기가 자기편을 화나게 하고 말았다고 느꼈던 것이다. 그는 다시 울 듯한 얼굴이 되었다.

"아니다. 아저씨는 네게 화를 낸 게 아니란다."

웽거는 황급히 소년의 뒤통수를 가볍게 톡톡 쳐주었다.

"그럼, 아저씨는 누구한테 화를 내는 거예요? 베이커 양한테?"

"응, 뭐라고?"

"베이커 양한테 화내는 거예요?"

"아니……, 그런데 그게 누굴 말하는 거니?"
"당연히 나하고 아빠하고 함께 논 여자."
웽거는 하마터면 무릎 위의 쿠키를 바닥에 떨어뜨릴 뻔했다.
"고맙구나! 결국 수수께끼 여자의 이름을 알아냈어!"
웽거는 저도 모르게 소리를 질렀지만, 곧 그 흥분을 가라앉혔다. 만일 그 여자가 범인이라고 한다면 가명을 썼을지도 모르는 일이다. 오히려 그럴 확률이 높다.

웽거는 일그러진 얼굴로 한참 깊은 생각에 빠져 있더니, 갑자기 모자를 눌러쓰고 일어서서 모란의 집을 뛰쳐나왔다. 그러고는 소년의 어머니가 입원해 있는 병원으로 달려갔다.

걸리슨에서 방향을 되돌려 다시 뉴욕에 도착했을 때, 마거릿은 이미 반 병자나 다름없었는데, 엎친 데 덮친 격으로 남편의 변사 소식을 듣고서는 그대로 쓰러져 버렸던 것이다. 집에 남겨진 쿠키는 흑인 여자 가정부가 보살피고 있었다.

"얘기는 가능한 한 간단히 끝내 주십시오."
의사가 웽거에게 말했다.

웽거는 얼른 얘기를 끝내려 했다. 그가 지금 알고 싶은 것은 단 한 가지밖엔 없었던 것이다.

"모란 부인, 혹시 베이커 양이라는 여자를 알고 있습니까? 아니, 솔직히 말씀드려서 그런 여자가 존재하는지도 사실 우리는 모릅니다. 그 이유는 그 이름을 제게 가르쳐 준 것이 댁의 아드님, 요컨대 어린아이여서……."

이렇게 말하면서 웽거는 딸려 있는 간호사보다도 먼저 마거릿의 안색이 변한 것을 알아차렸다.

그녀는 새파래져 있었다. 난생처음으로 강한 충격을 받은 것 같은 모습이었다. 마음속에 끓어오르는 공포의 감정이 끈적끈적한 엷은 막처럼 그녀의 얼굴을 감싸버린 것 같았다.

그녀는 마치 두개골이 산산조각 나는 것을 필사적으로 막으려고 하는 듯, 눈썹 양끝을 손가락으로 꽉 누르면서 떨리는 음성으로 중얼거렸다.

"설마 그 사람이 우리 집에……"
"댁의 아드님이 그렇게 말했소"

웽거는 마음이 내키지는 않았지만 얘기를 중단하고 싶지도 않았다. 마거릿은 점점 더 고통스러운 표정을 보였다. 그녀는 마음에 소용돌이치는 의혹, 불신, 공포의 감정과 열심히 싸웠다 그러고서 한참 뒤에 입을 열었다.

"베이커 양은……, 쿠키의 유치원 선생님이에요"

비통한 목소리를 쥐어짜 내듯, 그렇게 대답하고는 침대에 쓰러져 울어버리고 말았다.

간호사가 얼른 의사를 불러왔다.

"이래서는 안 됩니다. 그래서 처음부터 주의를 해두지 않았습니까? 환자한테 충격을 주지 말라고요."

의사는 웽거에게 비난의 눈초리를 보내면서 말했다.

"아니, 꼭 이럴 생각은 아니었는데, 그만 어쩌다보니……"

웽거는 그렇게 대답하고 언짢은 표정을 짓고서 병실을 떠났다. 그러나 형사로서의 그의 마음에는 한 가닥 빛이 비쳐온 것이다.

그는 그 길로 곧장 유치원으로 달려갔다.

베이커 양은 운동장 구석 쪽에서 아이들에게 둘러싸여 있었다. 아이들에게 놀이를 가르치고 있는 중이었다.

웽거가 한참을 우뚝 선 채로 바라보고 있으려니, 베이커 양이 아이들을 그대로 놔두고 그의 곁으로 다가왔다. 조그마한 체격이지만 날씬한 몸매의 여성으로, 금발머리를 하고 있었다.

대략 24~25세는 되었으리라. 안경을 쓰고 있는 얼굴은 미인이라 해도 좋았다. 안경을 벗었을 때의 얼굴도 조금 자국은 있지만 역시 아름다웠다. 뺨에 살짝 주근깨가 나 있어 그것이 더욱 호감을 주고 있었다.

"학부형이신가요?" 베이커 양은 쾌활하게 말을 걸어왔다.

"참관하러 오셨나요? 아니면 무슨 다른 일로……?"

웽기는 고개를 끄덕였다.

"당신에게 잠깐 할 얘기가 있소"

경찰수첩을 보이자 베이커 양은 깜짝 놀라는 표정을 지었다. 그러나 그것은 웽거가 예상했던 것만큼 강한 것은 아니었다.

한 시간 뒤, 그는 그 젊은 선생을 데리고 모란의 집으로 돌아왔다. 베이커 양을 보게 되자 쿠키는 다시 살아난 듯이 얼굴을 반짝거리면서 그녀의 허리에 매달렸다.

"그래, 쿠키, 아빠가 창고에 들어갔던 날 밤의 일을 아직도 잘 기억하고 있겠지?"

웽거가 물었다.

쿠키는 고개를 끄덕였다.

"그때, 너와 아빠가 함께 있었던 여자가 이 사람이니?"

쿠키는 좀처럼 대답을 하지 않았다. 참기 어렵다는 듯 이번에는 베이커 양이 물었다.

"말해 봐. 네 아빠가 창고에 들어간 날 밤, 내가 너하고 함께 있었니? 어때, 쿠키?"

그러자 느닷없이 아이의 입에서 불쑥 대답이 튀어나왔다.

"응, 있었어요. 베이커 선생님이 여기에 있었어요. 아빠랑 나랑 같이 밥을 먹었어요. 그렇죠?"

"아, 전 도무지 영문을 모르겠어요……."

베이커 양은 어리둥절해하며 머리를 흔들었다. 아름다운 얼굴에 어둠이 깃들어가고 있었다.

이렇게 되면 그녀의 혐의는 깊어졌다고 하지 않을 수 없다. 그래서 웽거는 그녀에게 수사본부까지 동행해 줄 것을 요청하고 정식으로 심문을 했지만, 가장 문제가 되는 것은 알리바이였다.

그녀의 말에 의하면, 월요일은 오후 4시에 일이 끝나서 여자 숙소의 자기 방으로 돌아가 빨래를 했다. 그리고 나서 밖의 식당에서 저녁을 먹고 영화를 본 뒤에 11시가 넘어서야 숙소에 돌아왔다는 것이다.

웽거는 계장에게 보고하고 나서 일단 베이커 양을 집으로 돌려보냈다. 그리고는 얼른 그녀의 알리바이를 확인하기 위해서 형사들이 출동했다. 그리고 20분 뒤, 영화관을 조사하러 갔던 형사가 제일 먼저 수사본부로 돌아왔다.

"그 여자가 말한 영화 제목은 틀림없습니다. 동시상영인데, 또

한 가지는 '미스터 스미스'라는 거랍니다. 그런데 저보다 한 발 먼저 그곳에 가서 역시 똑같은 질문을 한 사람이 있더군요 매표소 아가씨가, '대단한 영화도 아닌데 왜들 그렇게 흥미있어 하는 거죠?' 하면서 이상한 얼굴을 하고 있던걸요."

"흠, 자네보다 앞서 갔다는 사람은 누군가?"

"그 유치원 선생이었습니다. 베이커 양 말입니다. 인상이 똑같았습니다. 여기를 나가자마자 그쪽으로 달려갔던가 봅니다. 어때요, 재미있지 않습니까?"

"그렇군, 재미있어."

웽거는 맞장구를 치려는 듯 그렇게 말은 했지만, 그 표정은 꽤 심각했다.

다음 날이 되자 건장한 형사가 또 한 가지 '재미있는' 자료를 가지고 들어왔다. 외출한 그녀를 미행하는 동안, 한눈에 보아도 과일 가게 할머니 같은 사람이 그녀에게 공손하게 인사를 하는 것을 보았다는 것이다. 그래서 할머니에게 물어보니, 월요일 저녁 베이커 양이 그 가게에서 플로리다산 오렌지를 여섯 개 사가지고 갔기 때문에 그녀를 잘 알게 되었다고 했다.

"흠 그래? 그날 아침, 피해자의 집 냉장고에는 분명히 오렌지 주스가 든 컵이 있었단 말이야……. 게다가, 모란 부인은 그것을 만든 기억이 없다고 했고……."

웽거는 눈을 감고 중얼거리더니, "좋아!" 하고 탄성을 지르며 일어섰다. 계장의 동의를 얻어 베이커 양의 체포에 들어가기로 한 것이다.

이윽고, 수사본부에 연행된 베이커 양은 조사실에서 형사들의 혹독한 심문을 받았다. 그러다가 밤이 되자 그녀는 그때까지 강력하게 내세웠던 알리바이를 스스로 뒤집으며 의외의 고백을 했다.

"실은, 그날 전 머쉬가의 남편 아파트에 가 있었어요. 밤새도록 그곳에 있었어요……."

그러나 형사들은 절대로 그 말을 믿으려 들지 않았다.

웽거는 날카롭게 질문했다.

"그 말이 정말이라면 왜 처음부터 그렇게 말하지 않았소?"

"말할 수가 없었습니다. 왜냐하면, 유치원에선 독신인 것으로 되어 있기 때문이에요. 전 직장을 잃고 싶지 않았거든요."

그렇게 말하고 베이커 양은 '왁' 하고 테이블 위에 엎드려 울기 시작했다. 바로 그때 전화벨이 울렸다.

웽거는 수화기를 집어들었다.

여자 목소리였다.

전화받은 사람이 웽거인 것을 확인하고 나자 그 여자는 뜻밖의 사실을 말하기 시작했다.

"여보세요, 제 이야기를 잠자코 듣기만 하세요. 방금 전에 유치원의 베이커 양을 연행해 가셨죠? 하지만, 그 사람은 그 사건과는 아무런 관계가 없습니다. 당신이 그 사건을 어떤 식으로 보고, 무엇을 조사하여 무엇을 알고 있건, 그런 것과는 상관없이 베이커 양은 결백합니다……."

잠자코 이야기를 들으면서, 웽거는 온몸에 개미가 기어다니는 것 같은 근질근질한 느낌에 견딜 수가 없었다.

"이봐, 상대방 전화 장소를 빨리 알아봐."

그는 손으로 수화기를 틀어막으며 부하 형사한테 작은 소리로 말했다. 그러나 여자는 마치 천리안인 것처럼 말했다.

"제발 이쪽을 조사하지는 마세요. 그러면 전 곧 전화를 끊어버릴 테니까. 헛일입니다. 절 믿게 하기 위해서 쿠키의 침대에 놓아 두었던 편지의 내용을 말해 볼까요? '모란 부인에게, 너무나 귀여운 아드님입니다. 잘 재워 놓았습니다. 저는 아드님까지 어쩔 생각은 없습니다.'라고 쓰여 있었죠?

그 편지는 당신 이외에는 아무도 읽지 않았을 겁니다. 이것으로 모든 것을 이해하실는지요? 베이커 양은 얼른 석방하는 게 좋을 겁니다. 그럼, 안녕히 계세요."

'딸각' 하고 수화기를 놓는 소리가 들렸다. 동시에 부하 형사가 뛰어 들어와서 웽거에게 보고했다.

"데일가의 이노맨이라는 약국 공중전화에섭니다."

하지만 경찰차가 초특급으로 그 약국에 도착했을 때는 전화의 주인공인 여자의 모습은 온데간데없고, 약국 주인의 얘기도 도무지 종잡을 수가 없었다.

화가 퍼거슨이 연 개인전은 입장객도 적고 과히 좋은 성과는 아니었다. 그의 이름이 아직 유명하지 않았던 탓이리라.

짧은 전람회 기간의 마지막 날, 그날도 점심때가 지나서 5~6명의 입장객이 한가롭게 회장 안을 거닐고 있는데, 그중에 화가 지망생 같아 보이는 여자도 섞여 있었다.

노트를 손에 들고 메모하는 그녀의 모습은, 미술관에서 오래된 명작을 베끼는 사람들과 아주 비슷한 모습이었다. 각이 진 테안경에 다소 긴 단발머리, 초라한 베레모……

그녀는 아주 진지한 표정으로 다른 입장객들에겐 눈길도 주지 않고, 이 그림에서 저 그림으로 열심히 둘러보고 있었다. 그리고 때때로 그녀만이 알 수 있는 암호 같은 글을 싸구려 노트에 적어 놓고 있었다.

이 여자 화가 지망생의 감상 태도에는 한 가지 규칙이 있는 것 같았다. 정물화나 풍경화는 힐끔 보는 것만으로 지나쳤다. 그녀가 주의력을 집중해서 보는 것은 초상화의 머리 부분이었다. 과일이나 공원 등을 그리는 것은 이미 끝내고 현재는 오로지 초상화의 머리 부분 그리는 법만을 연구하는 것 같았다.

그녀는 이 방 저 방을 마치 생쥐처럼 살금살금 걸어 다녔다. 그녀가 보고 싶다고 생각한 작품을 다른 사람이 보고 있을 때에는 뒤에서 한참을 말없이 기다렸다. 입장객들도 대부분 그녀한테 주의를 쏟지 않았다.

회장 안에서 단 한 사람 큰소리로 떠들어대는 인물이 있었다. 자칭 미술 애호가이며 신출내기 비평가이기도 하다는 중년 남자로, 함께 온 부인도 같은 부류 같았다.

"이것 좀 봐요. 이건 마치 그림이 아니고 꼭 사진 같잖소? 20세기 초기의 산물이군. 피카소 같은 사람들이 출현하지 않았을 때의 풋내기 작품이야."

중년남자가 자기 부인을 돌아보며 말했다.

"이 나무들은 단순한 나무에 지나지 않아요. 그렇잖소? 액자에 끼워 감상할 나무가 아니야. 숲 속에서 자라는 나무일뿐이지. 그림으로 그릴 가치가 어디 있겠소!"

"동감이에요. 이런 그림을 보고 있자니 당신 불쾌하지 않아요?"

"불쾌하다니, 이건 사진이야. 완전히 사진이라고"

"그래요. 그것도 서툰 솜씨로 빨리 찍은 사진이에요!"

여자 화가 지망생은 마침 그 두 사람의 뒤를 따라 회장 안을 돌고 있었다. 그러나 그들이 떠드는 소리나 비평도 귀에 들어오지 않는다는 듯이 계속해서 노트에 써나갔다.

그 노트에는 네 개의 항목으로 나뉘어 적혀 있었다.

'검은색, 노란색, 빨간색, 중간색'이다. 특히 '검은색' 부분에는 표시가 많이 되어 있었다. '노란색'에는 두 개. 다른 색 부분에는 아직 표시된 것이 없었다.

그렇게 하며 그녀는 일부러 반나절을 소비하고, 이 퍼거슨이라는 통속 화가가 그린 초상화를 조사해서 머리카락색의 통계를 내는 것이었다. 화가 지망생은 별난 일도 해야 하는 모양이다.

이윽고 회장이 닫힐 시간이 되었다. 여자 화가 지망생은 몇 사람 안 되는 입장객 중에서도 제일 끝으로 회장을 나왔다.

그녀의 메모에는 '검은색'이 열다섯 개, '노란색'이 두 개, '빨간색'이 0, '중간색'이 한 개여서, 퍼거슨은 검은 머리카락의 초상화를 즐겨 그리는 화가라는 결론을 거기서부터 끌어낼 수가 있었다.

퍼거슨의 화실은, 대부분의 화가의 화실이 다 그러하듯이 햇빛이 잘 들지 않는 북향이었는데, 모두 유리벽으로 되어 있었다. 그리고 이 유리벽은 약간 각도가 져서 경사져 있었다.

퍼거슨이 이젤을 세우고 캔버스를 끼워 그날의 작업을 시작하려고 할 때, 누군가가 문을 두드렸다.

"잠깐만 기다리시오."

퍼거슨은 여러 색깔의 물감 튜브를 짜서 늘어놓고 있었다.

그는 외모가 화가 같지는 않았다. 화가로 보이고 싶지 않았을지도 모른다. 우선 그는 수염을 기르고 있지도 않았다. 베레모도 쓰지 않았다. 헐렁한 작업복도 입지 않았으며, 벨벳 바지도 입지 않았다. 그의 작업은 오로지 통속 잡지의 표지 따위를 휘갈겨 그리는 일뿐이었다. 그러나 그로서는 돈을 위한 일을 하면서도 틈틈이 짬을 내어 '자신을 위한' 진정한 일도 하고 싶어 했다.

퍼거슨은 천천히 문을 열어 갔다.

"내가 부탁했던 모델이 당신이었나? 자, 밝은 곳으로 와서 얼굴이랑 몸매를 좀 봅시다. 그런 다음에 당신을 쓸 건지 안 쓸 건지를 결정하겠소 모델 소개소에는 내 요구 조건으로……"

그는 갑자기 말하는 것을 멈추고 말았다.

입을 다물고 유리벽 쪽으로 여자모델을 데리고 가서 찬찬히 훑어보았다. 그러고 나서, '으음!' 하고 감탄을 했다.

"지금까지 어디에 숨어 있었소? 빨리 내 앞에 나타났으면 좋았을걸. 맥주 광고에는 어울리지 않겠지만, 아무튼 당신을 쓰기로 하겠소. 내가 심혈을 기울여 그릴 예정이었던 여신 다이애나와 당신은 기막히게 어울리는 것 같소. 좋아, 당신을 결정했으니까 곧 작업에 들어갑시다. 광고 쪽은 나중 차례고……"

여자모델은 생긋 웃어 보였다. 자르르 윤기가 흐르는 새카만 머리카락, 피부는 크림색, 그리고 아이섀도로 엷게 눈가를 칠한 눈은 자줏빛 수정처럼 빛나고 있었다.

"자, 다이애나의 분장을 한번 해보지 않겠소?"

퍼거슨은 뜻밖의 보물을 찾아낸 기쁨에 목소리를 높이면서 말했다.

"저쪽 분장실에 들어가서 준비하면 돼요. 분장에 필요한 건 모두 갖춰져 있소. 금팔찌를 왼쪽 팔에 끼고, 표범 가죽을 허리에 둘러보시오. 끈으로 맨 부분이 옆으로 오도록 하고. 그러니까, 표범 가죽이 겹쳐지는 부분으로 다리가 살짝 엿보이도록 해야 하는 겁니다……."

"그것뿐인가요?"

"그래요. 그것으로 됐어요. 어허, 참! 아니, 당신, 포즈를 취해 본 적은 있소?"

"예."

여자모델은 억지로 아무렇지 않은 얼굴을 하고 분장실로 들어갔다. 그리고 한참 뒤에 주저 없이 나왔으나, 한 5분 정도는 잔뜩 긴장한 채 얼굴을 돌리고 있었다. 그녀는 맨발로 서 있었다.

"훌륭해! 정말 멋있어!"

퍼거슨은 흥분해서 외쳤다.

"그런데, 당신의 이름은?"

"크리스틴 벨이라고 해요."

"그럼 어서 모델대에 서 봐요. 내가 포즈를 주문할 테니까. 조금 힘이 드는 포즈인지도 모르지만, 보통 때보다 휴식 시간을 길게 가지면 될 거요."

그가 주문한 포즈는 여신 다이애나가 활을 당기는 자세였다.

"활은 나중에 그리기로 합시다. 정말 활을 당기고 있으면 너무 오랫동안 포즈를 취할 수 없을 테니까."

작업에 들어가자 그는 한마디도 하지 않았다.

30분가량이 지났을 때, 여자모델이 잠시 한숨을 내쉬었다.

"자, 5분간 휴식합시다."

퍼거슨은 꾸깃꾸깃해진 담뱃갑을 끄집어낸 뒤, 담배 한 대를 꺼내어 여자모델 쪽으로 가볍게 던졌다. 그녀는 담배가 마루 위로 떨어진 채로 놔두었다. 그녀는 얼굴색이 새파래졌다.

퍼거슨은 의아스러운 듯 물었다.

"오늘 처음 일하는 것도 아닐 텐데, 왜?"

"예, 하지만 전……."

그때 문을 노크하는 소리가 들렸다.

"지금 바빠. 나중에 와."

퍼거슨이 고함을 질렀지만 노크소리는 계속 되었다.

그는 혀를 차면서 문쪽으로 나가려고 했다. 그러자 여자모델이 애원하는 몸짓을 하며 재빨리 말했다.

"부탁이에요. 저는 돈이 필요해요. 제발 저를 써주세요! 소개소에서 모델이 온 것 같은데……."

"오라? 그렇다면 당신은 대체 누구요?"

"사실은, 소개소로 가보았는데, 신청자 목록을 보니, 너무 많아서 좀처럼 그곳에선 차례가 돌아올 것 같지가 않았어요. 그래서 고심하던 중에 소개소 사람이 어떤 모델에게 전화를 걸고 있는 얘기를 듣게 되었어요.

그래서 얼른 뒷계단의 공중전화로 가서 그 모델에게 전화를 했어요. '좀 전의 전화는 상대방이 취소를 했으니 미안하게 됐어요.'라고요. 그렇게 해서 제가 대신 이곳으로 찾아온 거예요……. 하지만 그 가짜 전화는 금세 발각되고 말았나 봐요. 제발! 절 시험 삼아 한번 써주시지 않겠어요?"

그녀는 돌부처라도 녹지 않고는 배기지 못할 진심 어린 표정을 짓고 있었다. 그때의 그녀를 보았다면 누구라도 감동하지 않고는 못 견뎠으리라. 더군다나 예술가는 그런 것에 지독히 약한 사람들이니까.

퍼거슨은 고개를 저으면서 문쪽으로 가서 빠끔히 열고 내다보았다. 밖에는 그가 썼어야 했을 여자모델이 서 있었다.

그는 주머니에 손을 찔러 넣고는 쭈글쭈글한 지폐를 한 장 꺼내어 문틈으로 여자모델에게 건네주었다.

"이건 교통비요. 당신은 필요가 없게 됐소."

퍼거슨은 퉁명스럽게 말하고 쾅하며 문을 닫았다. 그러고 나서 캔버스 있는 곳으로 되돌아와서 말했다.

"새치기해서 들어온 배짱 좋은 다이애나!"

그는 유쾌한 듯이 껄껄껄 웃으면서 말을 이었다.

"좋아요. 좋아. 당신 쪽이 훨씬 마음에 들었소. 자, 그럼 포즈를 계속 취해줘요."

그는 다시 붓을 잡았다.

이상한 모델

퍼거슨의 화실로 친구인 코리가 찾아온 것은 며칠 뒤의 일이다. 이 플레이보이 풍의 남자는 수수께끼의 추락사를 당한 블리스의 친구이기도 하다.

코리는 하이볼 잔을 손에 들고 화실 안을 비틀거리며 왔다 갔다 하고 있었다. 그러더니 캔버스 앞에 우뚝 멈춰 서서는, 그 위에 아무렇게나 뒤집어 씌워 놓은 눈이 성성한 마직 천을 벗기려고 했다.

"뭘 그리고 있는 거지? 최근 걸작을 한번 감상 좀 해볼까……."

"아냐, 보면 안 되네. 난 미완성 작품을 보이는 건 딱 질색이니까."

"그야 그렇겠지만, 난 그림쟁이도 아니고, 또 자네의 경쟁 상대도 아니잖나. 예술 같은 것엔 완전히 문외한이지. 그런 내가 본다고 해서 뭐 자네 자존심에 금이 가는 것도 아니고……."

코리는 마직 천을 걷어냈다. 그러더니 뿌리가 박힌 듯이 오랫동안 그곳에 우뚝 서 버렸다.

"미완성인데도 그렇게 자네를 매혹시킬 정도니, 이것이 완성된다면 대체 어떻게 되겠나?"

퍼거슨은 기분 좋은 목소리로 말했다.

코리는 멍하니 고개를 저었다.

"아닐세, 난 지금 생각을 더듬고 있는 거야. 이 그림의 여자를 어디선가 본 기억이 있는 것 같아서."

"그렇게 나올 줄 알았어. 하지만 이 그림이 완성될 때까지 그녀의 주소를 가르쳐 줄 수가 없네. 자네의 행실을 잘 아는 터이니까."

"그런 게 아니야. 실은 천을 벗긴 찰나, 순간적으로 내 머리에 번쩍한 것이 있었단 말이야. 그런데 이내 싹 지워지고 말았어. 마치 혀끝까지 나오려는 말이 그대로 쏙 들어가 버린 것 같은 꼴이지. 빌어먹을! 이 얼음처럼 차가운 눈길과, 이 도톰하게 부풀어 오른 매혹적인 입술은 분명히 어디에선가 본 기억이 있어! 여보게, 이 여자의 이름이 뭔가?"

"크리스틴 벨이라더군."

"이름은 모르겠군. 이 여자, 전에도 모델로 쓴 적이 있었나? 어쩌면 자네가 그렸던 표지에서 봤는지도 모르겠지만……."

"아냐, 처음 쓴 여자라네. 자네가 알고 있을 리가 없지."

"그런가? 나도 확실한 것은 모르겠지만……, 아무튼 이 여자의 얼굴은 어디선가 본적이 있어."

퍼거슨은 더 이상 대꾸도 하지 않고 암탉이 병아리를 지키듯이 슬며시 캔버스 위에 마직 천을 덮었다.

두 사람은 그 앞을 떠났다.

그러나 코리는 돌아가기 전에 아직도 그 그림이 마음에 걸리는지 다시 한 번 캔버스 앞으로 돌아갔다.

"이 문제가 확실해지기 전까진 잠을 이룰 수 없을 것 같아."

그는 문을 닫는 마지막 순간까지 천을 씌운 캔버스 쪽을 아쉬운 듯이 돌아보고 있었다.

그 다음 날.

여자모델은 퍼거슨에게 화살을 시위에 메긴 활을 건네받고는 살짝 눈살을 찌푸렸다.

"어제는 이 화살이 저절로 손가락을 빠져나가 날아갔잖아요? 정말 무서웠어요. 그다음부터는 활을 만지는 것도 싫어졌어요."

"그런 실수는 아무것도 아니오."

퍼거슨은 밝게 웃었다.

"그렇지만 자칫 잘못하면 위험해질 뻔했어. 마침 그때 난, 세밀하게 그리려고 캔버스 쪽으로 잔뜩 웅크리고 있었으니까 다행이었지. 뒷목 위로 화살이 허공을 가르며 날아간 것을 나도 느꼈었소 깜짝 놀라서 고개를 들어보니 화살은 저쪽 들창의 나무들에 가서 박혀 흔들흔들 움직이고 있더구먼."

"만일 선생님이 맞았다면 돌아가셨을 거예요."

"그야, 심장 가운데라든가 경동맥에 꽂힌 경우에 그렇겠지. 하지만 그런 일은 없을 테니까 걱정할 필요 없어요."

"그래도 걱정이 되는걸요. 안전장치를 만드는 것이 좋지 않을까요? 화살 끝에 뭘 좀 붙여 둔다든가……."

"아니오, 그런 것을 하게 되면 사실이 아니게 되어 버립니다. 난 사실이 아닌 그림은 그릴 수 없어요……. 너무 염려하지 않아도 돼요. 어제 같은 실수는 좀처럼 나올 일이 아니니까. 다만, 활시위를 너무 세게 잡아당기지 않도록 조심만 하면 돼요. 시위가 느슨해지지 않을 정도로 대충만. 말하자면 분위기만 비슷하게 풍기면 되는 겁니다."

휴식 시간이 되자 여자모델은 담배를 피우면서 말했다.

"선생님 같은 분이 화가가 되셨다니 아무리 생각해도 이상해요."
"어째서?"
"예술가는 대개 점잖은 사람들이잖아요. 그런데 선생님은 이전엔 그렇지 않았을 것 같아요."

여자모델은 중얼거리듯이 말하고는, 모델대 위에 서서 퍼거슨 쪽을 향해 활을 당기고 포즈를 취했다.

"저, 선생님은 일을 하면서 많은 사람을 행복하게 해주고 계시죠? 하지만 선생님은 예전에……, 누군가를 죽게 한 일이 있으시죠?"

갑자기 퍼거슨의 붓은 움직이지 않게 되었다. 그렇지만 그는 여자모델 쪽으로는 얼굴을 돌리지 않고 자기 앞을 물끄러미 바라보았다. 과거의 무슨 일인가를 생각해 내려는 듯한 모습이었다.

"흠, 그렇게 말하니……. 사실, 결과적으론 사람을 죽게 만든 적이 있기도 한 것 같군."

그는 못마땅한 듯한 목소리로 내뱉었다.

"그렇지만, 작업 중엔 말을 시키지 마시오."

그녀에게 주위를 주고 난 뒤 그는 다시 붓을 놀리기 시작했다.

그 뒤로 여자모델은 아무 말도 하지 않았다.

그녀는 퍼거슨이 얘기한 한도 내에서만 화살을 당기고 있었다. 화살 끝에는 강철 촉이 붙어 있었다. 그러나 어느 사이에 그녀의 흰 팔 근육이 긴장됨과 동시에 팔의 움푹 팬 곳에 진 그림자가 앞뒤로 희미하게 흔들렸다.

그때 갑자기 화살의 정적을 깨뜨리며 요란한 노크소리가 울려왔다. 그리고는 계속해서 여러 남녀의 떠들썩한 소리가 들려왔다.

"이봐, 빨리 열어달란 말이야! 친구님들의 행차이시다!"

모두 상당히 술에 취한 것 같았다.

여자모델은 당기고 있던 활의 시위를 늦추고 한숨을 내쉬었다. 그러고는 급히 분장실로 뛰어들어갔다.

얼마 뒤, 술 취한 패거리들의 소동에 둘러싸인 퍼거슨이 헐떡이는 목소리로 그녀를 불렀다.

"이리 좀 나와봐요, 다이애나! 모두 맘 좋은 친구들이오……"

그 사이에 여자모델은 자물쇠를 채우지 않은 분장실 문에 몸을 바싹 붙이고 밖에서 열리지 않도록 하면서 옷을 갈아입고 있었다.

그녀는 그런 비좁은 장소에서 스타킹을 신어 본 일이 없었다. 이건 그야말로 곡예였다.

그녀의 귀에 전화기에 대고 고함을 지르는 퍼거슨의 목소리가 들려왔다. 정신 병원 같은 소동 속에서 그는 악을 쓰듯이 소리를 지르고 있었다.

"여, 여보세요, 토니? 이탈리아산 붉은 포도주 4리터만 배달해 주게. 그래, 지난번처럼 매월 쳐들어오는 태풍이 또 몰려왔다고……"

그러자 친구들로부터 항의의 소리가 일어났다.

"무슨 말을 하는 거야? 매스컴 예술로 잔뜩 돈을 벌어 놓고서 겨우 이탈리아산 붉은 포도주라니, 응?"

"글쎄 말이야. 도대체 샴페인을 왜 주문하지 않는 거지? 샴페인! 샴페인!"

분장실 속의 여자모델은 오들오들 떨면서 얼굴을 매만졌다. 그곳에서 복도로 나가려면 아무래도 화실을 통과하지 않으면 안 되었던 것이다.

그녀가 문을 빠끔히 열고 내다보니, 친구들이 벌떼처럼 모여서 왁자지껄한 분위기였다. 누군가가 기타를 서툴게 튿어대고, 한 젊은 여자는 모델대 위에 올라가서 춤을 추고 있었다.

여자모델은 기회를 노리고 있었다. 화실 문까지 곧장 가로지른 선상에 사람이 없게 되면, 살그머니 분장실을 빠져나가 넓은 화실을 뚫고 나갈 작정이었다.

그렇게 해서 복도로 나가는 자신의 모습을 보이지 않게 하려고, 아니, 설사 보였다 해도 돌아서지 않을 생각이다. 그렇지만 그 계획이 쉽게는 되지 않을 거란 것을 처음부터 잘 알고 있었다.

"야, 저것 봐, 다이애나가 걸어나오고 있어!"

갑자기 누군가가 외쳤다. 동시에 모두 와 하는 함성을 지르며 그녀 쪽으로 달려왔다.

결국 그녀는 술 냄새가 푹푹 풍기는 속으로 휘말려 버리고 말았다. 세상의 흔한 상식 따윈 애초부터 어리석다고 보는 사람들인 것 같았다.

"미인이다! 진짜 여신 다이아나도 이런 미인은 아니었을 거야"

"게다가 영양처럼 오들오들 떨고 있는 모양이 한층 더 매력적이 잖아……"

사람들의 갈채가 잠잠해졌을 무렵, 여자모델은 겨우 퍼거슨과 얘기할 수가 있었다.

"선생님, 부탁이에요. 절 보내 주세요."

"왜 그러지? 좋잖아?"

"하지만, 잘 모르는 사람들에게는……, 나서고 싶지가 않아서 그래요. 전 이런 일은 별로 경험해 본 적이 없어서요"
"그래?"
퍼거슨은 오해를 했는지 캔버스를 벽 쪽으로 바싹 붙여놓고 나서 모두에게 말했다.
"이 그림을 아무도 봐선 안 돼. 이 그림 일은 오랫동안 잊어주게. 다이애나가 부끄러워하고 있으니까."
모두는 어이없는 얼굴을 했다. 자기의 그림을 부끄러워하는 걸 보니 더욱 사랑스러운 모델이라고 느끼는 것 같았다.
원래 마음씨가 좋은 친구들이라서, 그렇다면 한번 그녀의 기분을 풀어주자고 이것저것 노력해 보았지만, 오히려 그녀는 더욱더 옹고집이 되는 것이었다.
하지만 결국에는 단념하고 벽 쪽의 의자에 걸터앉았다. 옆의 작은 테이블에는 입을 대지 않은 붉은 포도주 잔이 놓여 있었다.
그녀는 앉은 채로 묵묵히 자신이 있는 자리에서 문까지의 거리를 눈으로 재고 있었다. 그런데 바로 그때, 그녀의 정면에 불쑥 코리가 모습을 드러낸 것이다. 그는 문 근처에 서 있었다.
파티 냄새를 맡으러 온 사냥개 같은 모습으로…….

어디선가 본 얼굴

여자모델의 눈은 앉아 있는 위치 때문에 자연히 코리의 발 언저리로 향해졌다.

발등 장식이 달린 구두, 튼튼해 보이는 갈색 고급화이다. 그리고 긴 다리. 보풀이 이는 혼방 모직 바지. 곧게 뻗은 양팔—한쪽 손은 끝을 조금 구부리고 엄지손가락을 윗도리의 주머니에 걸치고 있었다. 또 한 손은 담배를 손가락에 살짝 끼고 허리에 대고 있었다.

그 손의 새끼손가락에 끼워져 있는, 도장이 새겨진 반지. 손등에는 황금빛 털이 자라나 있는 것이 광선 때문에 뚜렷하게 보였다. 두 개의 단추가 달린 윗도리—위쪽 단추는 채워져 있지 않았다.

얼굴이 보이기 시작했다. 아무래도 얼굴을 보지 않을 수는 없었다. 넥타이, 칼라, 목, 마지막으로는 얼굴…….

아까부터 시작된 누군가의 시 낭독이 끝났을 때에 여자모델과 코리는 비로소 얼굴을 마주 보게 되었다.

그러자 그 순간에 바로 근처에 있던 퍼거슨의 웃음 섞인 목소리기 들려왔다.

"당신, 그 남자 조심하는 게 좋아요!"

여자모델은 천천히 일어서서 등을 벽에 기대고, 소리가 난 쪽을 향해서 대답을 했다.

"무슨 뜻인지 잘 모르겠는데요. 우선 소개부터 해주셔야죠."

그동안 코리는 그녀에게서 눈을 떼지 않았다. 그러다가 불쑥 그녀한테 말을 걸어왔다.

"농담입니다. 입버릇이 고약한 그림쟁이라서요. 그것보다도, 그 전에 어디선가 만난 것 같은 기분이 드는데……."

그녀가 그 말에 대답을 했더라도, 와 하고 터뜨린 웃음소리에 싹 지워지고 말았을 것이다.

"아아, 저 친구의 능숙한 수법이 또 나왔군."

"그래요. 내가 아는 여자가 하는 말이, 어느 파티에선가 지금 같은 말을 저 사람한테서 하룻밤 사이에 세 번이나 들었다지 뭐예요."

사람들 사이에서 그런 농담들이 오갔다.

코리도 다른 사람들과 휩쓸려 자신이 방금 한 말에 우스워하고 있었다. 어깨를 들먹거리다가, 눈썹을 찌푸리다가, 눈을 껌벅껌벅하기도 하면서 꽤나 재미있는 듯 웃는 것이다. 그러나 번쩍번쩍하면서 날카롭게 빛나는 그 눈은 여전히 여자모델에게 쏠린 그대로였다.

그녀는 그 강한 시선의 힘에 의해 벽 쪽에 밀어붙여 져 있는 상태였지만, 마침내 그곳을 떠나 방을 가로질러 갔다.

코리의 시선이 육박해 오는 것을 따가우리만큼 등 뒤로 강하게 느꼈다. 회실의 반대편 구석에 몰려 있는 사람들 사이에 끼어들어가, 그녀는 그곳을 피난처로 삼았다.

하지만 얼마가 지나자, 코리가 붉은 포도주가 든 잔을 손에 들고 이쪽으로 다가오는 것이 보였다.

그녀는 몸이 빳빳이 굳어지는 듯한 기분이 들었다. 상대가 이렇게까지 집요하게 쫓아 붙는 것은 유혹의 목적이 아니라, 좀더 위험한, 다른 목적이 있는 게 아닐까?

그녀는 그렇게 직감하고는 안절부절못하였다.

코리는 정말로 그녀 곁으로 와서 잔을 건넸다. 그녀는 눈을 휘둥그렇게 떴다. 잔을 받는 것도 두렵고, 받지 않는 것도 두려운 마음이었다. 요컨대 자기의 순간적인 표정이나 동작이 계기가 되어, 코리가 무엇인가를 생각해 내는 것을 그녀는 두려워하는 것 같았다.

그렇지만 그녀는 마침내 잔을 받아들고 입술까지 가져갔지만, 마시지는 않고 얼른 손을 뒤로 돌려 잔을 감추려 했다.

코리는 답답한 듯이 눈을 껌벅거렸다.

"당신한테 잔을 전해 줄 때 문득 떠오르는 듯하더니 다시 잊어버렸소"

"그렇게 짓궂게 놀리지 않아도 되잖아요? 그만두세요."

여자모델은 뜻밖에 천박하고 난폭한 어조로 내뱉듯이 쏘아붙였다. 그러고는 홱 하고 얼굴을 돌려서 다시 분장실로 뛰어갔다.

코리는 포기하려고도 하지 않고 뒤쫓아갔다. 그러고는 분장실 안까지 들어가, 거울 앞에 서서 분첩으로 화장을 고치는 그녀의 바로 등 뒤에 섰다.

분장실은 남녀가 섞인 오늘 밤 파티 때문에 몽땅 개방되어 버린 것이다. 여자모델은 코리가 방에 들어온 것을 거울 속에서 보고 있었지만, 모르는 체하며 콧등을 분첩으로 계속 두들겼다.

퍼거슨이 사용하는 팔레트 나이프를 문득 그녀는 떠올렸다. 작지만 날이 예리한 나이프였다.

거구의 남자라도 한칼에 쓰러뜨릴 수 있을 것 같았다. 그게 어디에 있었더라? 하며 그녀는 마음속으로 중얼거리고 있었다.

코리는 천천히 담뱃불을 붙였다. 연기를 멀리 내뿜으면서 그는 말했다.

"내 마음이 이렇게 초조한 건 그전에 당신을 봤을 때의 기억이 확실하게 되살아나지 않아서요."

"그러세요? 그것은 당신의 착각이라고 생각하는데요"
"아니오. 어디선가 만났다는 사실은 절대로 틀리지 않소"
"어떻게 된 걸까요?"
여자모델은 모호한 말투로 중얼거렸다. 여전히 그에게 등을 돌린 채였다.
"아마 꼭 알게 될 거요. 뜻밖의 순간에 갑자기 생각이 날 테지. 어쩌면 지금부터 5분도 채 지나지 않아서 생각날지도 몰라요. 아니면 오늘 밤 늦게, 파티가 끝나기 전……. 그런데 왜 그러는 거요? 안색이 나빠진 것 같은데……."
"이 방은 통풍이 잘되지 않아요. 더구나 평소 마셔 본 적이 없는 붉은 포도주 때문에……, 빈속에 마셨더니……."
"당신, 아직 식사하지 않았소?"
코리는 크게 걱정하는 얼굴을 했다.
"예. 하지만 작업 도중에 저 사람들이 밀어닥쳤기 때문에 어쩔 도리가 없었어요. 퍼거슨 선생님은 그런 건 생각지 않으시겠지만, 난 아침 10시부터 아무것도 먹지 못했단 말이에요."
"자, 그럼 뭣 좀 먹으러 갑시다. 나와 함께 가는 게 내키지 않을지도 모르지만……."
"비꼬시는군요. 내가 뭐 당신에게 특별히 나쁜 감정이 있을 이유가 없잖아요? 호의는 기쁘게 받아들이겠어요."
"하지만 다른 사람들한텐 아무 말도 하지 마시오. 저 친구들이 알면 놀림감이 될 테니까."
"좋아요."

여자모델은 순순히 고개를 끄덕여 보였다.

코리는 완전히 기분이 좋아져서는 말했다.

"그런데, 핸드백 같은 것 가지고 있소? 난 모자를 두고 왔으니까, 살짝 집어 오겠소 출입문 앞에서 기다려 주시오 그러면 틈을 봐서 빠져나올 테니까."

그러나 탈출계획은 그렇게 순조롭게 되지는 않았다. 조금 전에 모델대에 올라가서 춤을 추던 젊은 여자—소니아라는 이름의 여자와 복도에서 마주쳤던 것이다.

"어머머, 역시 위험한 관계가 되어 버렸어."

소니아는 코리를 옆눈으로 흘기고 여자모델의 팔을 가볍게 낚아채어 말을 멈추게 했다.

"잠깐 나 좀 봐요. 저 남자 조심하는 게 좋아요."

"괜찮아요."

여자모델은 살짝 하얀 이를 내보였다.

"오래 사귀려는 게 아니에요. 저 사람이 자꾸 날 전에 어딘가에서 봤다고 하기에, 그게 사실인지 아닌지 확인해 보고 싶을 따름이에요."

"그렇다면 다행이지만, 아무튼 저 사람은 뻔뻔스럽고 노련한 남자라고요. 방심해선 안 돼요. 지금까지 저 사람 입 끝에 오른 여자들을 난 몇 사람이나 알고 있으니까……."

"고마워요. 잘 알았어요."

여자모델은 얼큰하게 취해 있는 소니아의 몸을 부축해서 복도의 벽에 기대어 놓고 코리의 뒤를 따랐다.

그러나 두 사람이 계단에서 막 내려서려 할 때, 다시 발을 멈추지 않을 수 없었다. 여러 명이 뛰어내려 오는 듯한 쿵쿵거리는 발소리가 들려왔기 때문에 얼른 돌아보니, 실제로는 퍼거슨이 혼자서 뛰어내려 오고 있었다.

"이봐, 어딜 가는 거지?"

그는 코리를 향해 다그치듯이 물었다.

"다른 데서 은밀히 마실 생각인가? 그거야 마음대로지만, 다이애나를 함부로 데리고 다니면 곤란해. 그녀는 지금 작업상 나의 귀중한 보석이란 말이야."

"알았어. 하지만 자넨 이미 이 여자의 마음까지 파악하고 있는 게 아니었던가? 그렇지 않다면 좋은 그림을 그릴 수 없을 테니. 아니면, 이제부터 캔버스 위에서 여유 있게 그 마음을 찾아낼 셈인가?"

코리는 싱글벙글 웃으면서 그렇게 대답했다.

그러자 여자모델이 다시 되돌아와서 계단에 우뚝 서 있는 퍼거슨에게 살며시 귀엣말을 건넸다.

"제가 따라가는 건 저 사람을 다른 곳에 두고 오기 위해서예요. 그렇게 하는 게 제일 간단한 방법이죠. 그러니 선생님도 다른 친구들을 쫓아내도록 하세요. 전 얼마쯤 있다가 다시 올 테니까 그 뒤에 작업을 계속해요."

"그래? 좋아요. 그럼 그렇게 할까……"

퍼거슨은 오른쪽으로 돌아 얌전하다기보다는 맥이 빠진 발걸음으로 계단을 오르고 있었다.

위험해!

두 사람은 아파트에 도착했다. 코리는 자기의 방문을 열고 벽의 스위치를 켰다. 자그마한 방에 전등이 켜졌다.

"자, 들어가시죠……."

그는 형식적인 공손한 어조로 말했다.

여자모델은 마음이 내키지 않는 모습으로 방에 발을 들여 놓고, 무심히 주위를 둘러보았다. 그러고 나서 그녀는 책상이 있는 곳으로 걸어가 서랍을 하나 둘 열어보기 시작했다.

"그건 책상이라는 것이오 잘 모르나 본데, 다리가 넷 있고 그 위에서 글을 쓰기 위한 것이지."

코리는 갑자기 난폭한 태도로 돌변했다. 그리고 직접 하이볼을 만들어 미셨다.

여자모델은 네 번째 서랍을 열고 안을 힐끔 쳐다보더니 빙그레 웃었다.

"어딘가 있기는 있다고 생각했었지."

만족스럽게 말하고 서랍에서 권총을 꺼냈다.

코리가 잔을 손에 든 채 성큼성큼 다가왔다.

"이봐요, 빨리 제자리에 넣어둬, 그런 것을 가지고 만일 실수라도 저지른다면 어떻게 하려고?"

"실수 같은 건 하지 않아요"

그녀는 매우 침착한 태도를 보였다. 권총을 손바닥 위에 올려놓고 길이를 눈짐작으로 재고 있다가, 갑자기 방아쇠에 손가락을 걸었다.

"안 돼! 탄환이 장전돼 있단 말이야!"

"알아요. 하지만 빼앗으려 해봤자 소용없어요. 그런 짓을 한다면 뜻하지 않게 탄환이 날아갈지도 몰라요. 어쩜, 안전장치도 다 풀어놓으셨군."

그녀는 권총을 책상 위에 내려놓았으나 손가락은 방아쇠에 건 채였다.

이 코리처럼 자신만만한 남자에게는 설사 로켓포를 들이댄다고 해도 눈 하나 깜짝하지 않았을 것이다. 정말로 코리는 대담하게도 그녀에게 바짝 다가와서 여자모델을 위압했다.

그녀는 눈살을 찌푸리면서 한 손은 권총을 쥔 채로, 그리고 또 한 손으로는 얼굴을 감쌌다.

"강제로 이걸 빼앗으려고 하진 마세요! 그게 피차 신상에 이로워요."

코리는 아무 말도 하지 않았다. 성냥불에 구워진 풍뎅이처럼 완전히 기가 푹 죽어 버린 것이다.

코리는 뒤로 주춤 물러섰다. 그러고는 세상일을 죄다 포기한 사람처럼 손에 힘을 꽉 쥔 채 주머니에 찔러넣었다. 팔꿈치까지 들어가 버렸는가 하고 생각될 정도였다.

여자모델은 구부린 손가락 끝으로 권총을 축 늘어뜨리고 문쪽으로 걸어가기 시작했다.

코리가 깜짝 놀라서 말했다.

"아니, 당신, 그거 이리 주지 못하겠소? 그런 것을 가지고 어딜 가려는 거요?"

"문까지예요. 당신이 무슨 행동을 할지 모르니까요. 난 여기서 무사히 나가고 싶어요. 권총은 문턱 안쪽에 놓아두겠어요."

코리는 화가 머리끝까지 올라 몸까지 부르르 떨었다.

"돌아갈 테면 멋대로 돌아가시지! 당신 같은 건 없어도 난 조금도 안타까울 것 없으니까."

그가 소리 지르는 사이에 문이 쾅하고 닫혔다.

그가 부리나케 문쪽으로 가보니, 마치 그를 비웃기라도 하듯이 권총이 덩그러니 놓여 있는 것이다.

그의 귀에는 계단을 내려가는 여자모델의 발소리가 들려왔다. 그 발소리는 여유가 있고 신중해서, 서둘거나 당황한 모습은 털끝만큼도 없었다.

코리는 ㄱ 자신만만했던 콧대기 지독하다 힐 만큼 납작하게 눌렸다는 느낌이 들었다.

"머지않아 기필코 네 정체를 밝혀내고야 말 테다!"

그는 울화가 치밀어서 고함을 내질렀다. 그러자 그녀의 대답 소리가 튕기듯 돌아왔다.

"지금 밝혀내지 않는 것을 고맙게 생각하고 싶군요."

"빌어먹을! 정말 끔찍한 여자로군!"

코리가 있는 힘껏 문을 닫았기 때문에 무슨 폭발이라도 난 듯이 아파트 안이 울렸다.

그는 텅 빈 위스키 잔을 들고 방 맞은편 쪽으로 힘껏 내동댕이 쳤다. 뒤이어 사기 재떨이까지도 집어던져서 가루로 만들어버렸다.

그는 할 수 있는 모든 말로 여자모델에게 욕을 퍼부었다. 하지만 '살인자'라는 말은 입에 올리지 않았다. 거기까지는 생각이 미치지 못했던 탓이다.

그러고 나서 한 시간이 채 못 되었을 때, 캄캄했던 코리의 방에 느닷없이 불이 켜졌다. 화려한 잠옷을 입고 침대 옆의 스탠드 스위치에 손을 얹은 그의 모습이 환한 빛 속에 드러났다.

그는 눈이 부신 듯 눈을 가늘게 떴다. 쥐어뜯어 놓은 머리칼이 흡사 가시나무 뭉치 같았다. 베갯머리의 재떨이에는 담배꽁초가 피라미드형으로 수북이 쌓여 있었다.

그 담배꽁초 무더기 속으로 그는 용케 최후의 한 개비를 처박았다. 무엇인가 생각나기 시작한 모양이었다.

"제기랄! 그게 어디였더라, 그 여잘 본 곳이?"

그는 되씹으면서 머리를 세게 좌우로 흔들었다.

시계는 새벽 3시를 조금 넘어서고 있었다. 그때 갑자기 머릿속이 뻥 뚫리기라도 한 듯이 그는 눈을 커다랗게 뜨고 침대에서 미끄러져 내려왔다.

"맞아, 그날 밤, 블리스와 함께 있었던 여자다!"

드디어 그는 모든 것을 기억해냈다.

"그 여자가 블리스를 죽였어. 따라서, 언제 또 살인을 저지를지도 몰라. 퍼거슨에게 조심하라고 얘기해줘야 해……."

코리는 맨발로 방을 나섰다. 복도에 있는 전화대에서 황급히 전화번호부를 집어와, 침대에 걸터앉아 쫓기듯이 책장을 넘겼다. 그리고 F 부분을 손가락으로 훑어 내려가서 퍼거슨의 번호를 짚었다.

시계를 보니 새벽 3시 25분이었다.

"이 시간에 전화를 건다면 나더러 미쳤다고 하겠지……."

그는 망설이지 않을 수 없었다.

"내일 아침 눈을 뜨자마자 전화해야지. 그래도 충분해. 그렇지만, 정말로 그 여자가 블리스를 죽인 여자일까? 아니면, 그저 닮았을 뿐일까? 분명히 그때의 여자는 미나리아재비꽃처럼 샛노란 머리를 했었는데, 아까 그 여자모델은 새까만 머리잖아……."

한참을 망설이고 나서 코리는 마음을 굳혔다.

"지금까지도 가끔 이런 일이 있었는데, 내 생각은 항상 틀림이 없었어. 역시 퍼거슨에게 알려 두어야겠어! 한밤중이라도 구애받을 필요 없다고!"

그는 전화번호부를 거칠게 내팽개치고, 다시 맨발로 복도로 나가 전화대 위의 수화기를 우악스럽게 잡아들었다. 그러고는 초조한 듯이 퍼거슨의 화실 번호를 돌렸다.

신호음이 오랫동안 계속해서 울렸다. 그러나 아무도 전화를 받지 않았다. 코리는 마침내 수화기를 놓고 두어 번 머리칼을 쥐어뜯었다.

술을 퍼마시며 야단법석이던 파티도 어느새 이미 끝이 나버린 모양이다. 그렇다면 퍼거슨은 화실에서는 자지 않는다는 말인가?

"아냐, 그럴 리가 없어. 어느 방엔가 침대가 놓여 있는 것을 난 이 눈으로 똑똑히 보았는데……. 그 녀석, 아마 친구들에게 끌려서 어딘가로 몰려나간 걸까……."

그렇게 되면 아무래도 내일 아침까지 기다리지 않으면 안 되었다. 그는 침대로 돌아가 전등을 껐다. 그러고 나서 3분도 지나지 않아, 그는 다시 스위치를 돌려 전등을 켜고 부리나케 바지를 입었다.

"어째서 난 이토록 허둥거리는 걸까?"

그는 혼자서 고개를 갸우뚱하고 나서 중얼거렸다.

"아무튼 퍼거슨한테 알릴 때까지 난 도저히 잠을 이룰 수 없을 것 같아."

코리는 바삐 윗도리를 입고 넥타이는 아무렇게나 묶어 메고서 방을 뛰쳐나갔다. 그러고는 아파트 앞에서 택시를 불러 세워 퍼거슨의 화실을 향하여 차를 몰았다.

그의 이런 행동은 아무리 봐도 정상적이라고 할 수가 없었다. 그런 사실은 그 자신도 잘 알고 있었다. 그는 모두에게서 웃음거리가 될 듯싶은 일을, 자기 딴에는 몹시도 심각하게 하고 있는 것이다.

다소 이해심이 풍부한 친구는 그가 술을 너무 많이 마셔서 술주정꾼에게 있을 법한 망상, 아니면 환각에 사로잡힌 게 분명하다고 변호해 줄 것이다. 분명히 한밤중에 들이닥쳐서, '이봐, 정신 차리게! 자넨 여자모델한테 살해당할지도 몰라!' 하고 알리지 않고는 못 견딜 정도가 되었으니, 아무래도 올바른 정신 상태라고는 말할 수 없으리라.

코리도 자신이 하고 있는 행동의 이유를 훌륭하게 설명해 낼 자신은 없었다. 다만 '어쩐지 그런 예감이 든다'라든가, '위험이 닥쳐올 징조야'라고 하는 수밖에 달리 할 말이 없었다.

만일 퍼거슨이 화실에 없다면, '자네가 그리고 있는 여자모델은 블리스가 뜻밖의 죽음을 당했을 때, 그와 함께 있었던 여자일세. 난 이제야 겨우 생각해 냈어. 제발 철저하게 조심하기 바라네!' 하는 식으로 편지를 문 아래에 써놓고 올 작정이었다. 그러면 퍼거슨도 경계할 것이고, 그러면 그 여자의 코를 납작하게 해서 코리 자신도 다소나마 분풀이를 할 수 있게 되는 것이다.

택시에서 내려 화실의 출입문까지 다가가자 그는 다소간 마음이 놓인 상태로 문을 두드렸다. 그러나 전화를 했을 때와 마찬가지로 아무런 대답이 없었다.

그는 계단을 내려가 관리인을 불렀다.

"책임은 내가 지겠소 저곳의 문을 열어 주기 전까지는 난 여기서 한 걸음도 움직이지 않겠소"

코리한테 협박 아닌 협박을 낭한 관리인은 투덜투덜 대면서 앞장을 섰다. 열쇠를 찰가닥거리면서 계단을 오르고 있었다. 그리고 퍼거슨의 방까지 와서 관리인은 문에 열쇠를 꽂기 전에 시험적으로 노크를 해보았으나, 그것은 헛일이었다.

코리는 스위치가 있는 곳을 알고 있었기 때문에 문이 열리자마자 곧 불을 켰다. 그러고는 관리인과 나란히 우두커니 서서 방 안을 멍하니 바라보았다.

예감뿐이었던 것이 순식간에 현실로서 나타났던 것이다.

"세상에! 역시 예상했던 대로야……."

그는 목이 잠긴 음성으로 중얼거렸다.

퍼거슨은 그리다가 만 그림의 캔버스 앞에서 엎드린 채로 쓰러져 있는 것이었다.

 시체의 등 위쪽으로는 무서운 강철 화살촉이 빠져나와 있었다. 쓰러지는 순간에 몸을 뚫고서 나온 것이리라.

 몸을 뒤집어 보니 가슴께에 화살이 박혀 있었다. 그리고 화살의 깃털 부분 역시 쓰러질 때 접힌 것 같았으며, 화살대 쪽으로 직각이 되어 구부러져 있었다.

 아마 화살이 쏘아진 순간에, 퍼거슨은 모델대와 정면에 서 있었던 게 틀림없으리라.

 시체 옆에는 여자 사냥꾼인 다이애나, 살인의 여신 다이애나가 있었는데, 그것은 얼굴이 없는 그림으로 생생한 느낌을 주며 이젤에 걸려 있었다. 얼굴 부분은 팔레트 나이프로 동그랗게 도려내져 있었던 것이다. 그리고 모델대 위에는 시위가 느슨해진 활이 비웃는 듯이 나동그라져 있었다.

 "결국 이렇게 되어 버리고 말았군. 그 여자한테 선수를 빼앗기고 말았어. 퍼거슨은 이 그림을 완성하려고 그때부터 밤늦게까지 그 여자에게 포즈를 취하게 했던 거야……."

 코리는 곰곰이 생각에 잠겼다가 갑자기 뭔가 생각난 듯이 전화가 놓인 곳으로 가서 다이얼을 돌리고 경찰에 사건을 알렸다. 그러고는 문을 열어 놓고, 서서 경찰이 오는 것을 기다리고 있었다.

 "이게 도대체 어찌된 일입니까?"

 너무나 기겁을 한 관리인이 그에게 말을 걸었다.

 "실수로 모델의 손에서 화살이 미끄러져 나간 것이 아닐까요? 그렇다면 과실치사가 된다는 얘긴데……."

"아닙니다. 여자 사냥꾼인 다이애나가 현대에 되살아난 것이죠."
코리는 못마땅한 얼굴로 매정하게 대답했다.

증인의 권총

코리가 퍼거슨의 시체를 발견한 뒤 한 시간 정도가 지나서, 그는 자기의 아파트 방에서 웽거 형사의 여러 가지 질문에 대답하고 있었다. 물론 웽거가 가장 궁금해하는 것은 수수께끼의 여자에 대해서였다.

"그래요, 그 여자가 이 방에 들어왔을 때의 상황은 대충 이렇습니다."

코리는 명배우가 열렬한 관객 앞에서 자기의 역할을 즐기듯이 그때의 상황을 재연해 보였다. 그는 그러는 사이에 스스로도 흥분해 버리고 말았다.

입 한쪽 구석에 물고 있던 담배는 그가 얘기할 때마다 위아래로 춤을 추었다. 그는 윗도리를 벗고 조끼 단추를 풀었다. 몸을 움직일 때마다 머리카락의 긴 부분이 이마에 흘러내려 왔다.

"그리고 말입니다, 저……, 예, 그래요. 그렇습니다. 그 여잔 책상으로 다가가서 서랍을 한 개 한 개 모두 열어보고는 다시 닫기 시작하더군요. 무엇 때문에 그러는지 난 영문을 몰랐죠. 무료해서 그러는가 보다고 처음엔 생각했습니다. 왜 그런 거 있잖습니까? 자기의 생각이 확실하게 정리될 때까지 무슨 일이든 해서 시간을 보내는 경우 말입니다. 그런데 그러는 사이에 여자모델은 서랍 속에서 권총을 발견하고는, 그것을 이런 식으로 쳐들더니 다시 내가 있는 쪽으로 향하더란 말입니다."

"잠깐만 기다리시오!"

웽거는 황급히 몸을 일으켰다.

"그것을 만지지 마시오. 아직 지문이 남아 있을지도 모르니까. 당신은 여자가 그 권총을 집은 뒤에 몇 번이나 그것을 만졌소?"

코리는 서랍에 넣으려던 손을 허공에서 멈추었다. 그 모습은 먹이를 잡으려고 하는 새의 발톱과 같았다.

"그 여자가 나가고 난 뒤, 본래의 장소에 넣어둘 때뿐입니다. 그런데 그 여자가 권총을 손에 넣은 뒤의 일은 아직 말하지 않았는데요……."

"예, 얘기하시죠. 하지만 그전에 그걸 먼저 우리가 좀 살펴보고 싶군요. 괜찮겠죠?"

"예, 그러십시오."

코리는 책상 앞에서 떨어져 나왔다. 웽거는 손수건을 꺼내어 서랍 속의 권총을 감싸서 자기의 호주머니에 집어넣었다.

"조사한 다음에 꼭 돌려주겠소."

"뭐 꼭 지금 당장 필요한 것은 아닙니다. 참고가 된다면 나도 기쁜 일이죠."

코리는 다소 점잔을 빼면서 말하더니, 다시 자기 얘기 속으로 빠져 들어가기 시작했다. 그리고 여자모델이 결국 방을 나서게 된 부분까지 가자, 이것이 이야기인 것도 잊고서 정말로 애석해하는 얼굴을 했다.

웽거는 '당신의 기분은 알겠소' 하는 듯이 고개를 크게 끄덕였다.
"정말 무척 화가 났었겠군요?"
"예, 말도 마십시오……"
그 유들유들하기로 유명한 코리도 형사 앞이고 보니 조금은 멋쩍은 표정이 되었다.

웽거는 의자의 팔걸이 나무를 징처럼 손가락으로 통통 두드렸는데, 용의자인 여자에 대한 코리의 얘기를 완전하게 이해한 것 같았다.

이 바람둥이 남자는 무턱대고 행동부터 하는 성격인 것 같았다. 그 무서운 살인녀한테까지도 막무가내로 도전했다가 결국은 깨끗이 당하고 말긴 했지만.

하지만, 웽거는 코리에게 어딘지 모르게 호감이 느껴지는 것이었다.

"계획대로 퍼거슨을 죽이기 전에 당신과 함께 이곳에 왔단 말이죠? 그것에 관해선 세 가지 이유가 있다고 생각되는군요."

웽거는 설명을 하기 시작했다.

"하나는 자기 계획이 방해받을까 두려워서 여자는 우선 당신부터 먼저 제거하려고 한 것인지도 모릅니다. 그런데, 이 아파트까지 오고 보니, 당신은 아직 아무것도 생각해 내지 못했다는 사실을 알게 됐겠죠. 그래서 계획을 변경시켰던 겁니다.

어쨌든 여자모델이 당신을 친구들에게서 떼어 놓았다는 건 대단히 중요한 사실입니다. 즉, 그녀로서는 당신이 기억을 되살리기 전에 이곳에서 화실로 되돌아가 일을 끝내 버릴 시간이 충분히 있다고 판단했을 거라는 얘깁니다."

웽거는 거기서 잠깐 말을 끊고, 손수건으로 싼 권총이 들어 있는 호주머니를 위에서 가볍게 누르는 시늉을 했다.

"두 번째 이유는, 당신의 이 방에서 무기를 손에 넣고 그것을 흉기로 쓰려고 했을지도 모른다는 겁니다. 아니, 이 추리는 형편없는 것이 되겠군. 그 여자는 무기를 문턱 위에 놔두고 갔으니까…… 아무래도 내 머리론 한 번에 두 발의 탄환을 발사할 수는 없나보군요……"

웽거는 쓴웃음을 짓고서 말을 이었다.

"그리고 세 번째 이유는 당신이 어지간히 성가시게 따라다니기 때문에 다른 친구들이 돌아간 뒤까지 당신이 가질 않고 남으면 난처하게 되겠다고 여겼던 걸 겁니다. 그래서 당신을 쫓아내기 위한 가장 간단한 방법을 선택한 집니다. 처음엔 애교를 부리는 듯하다가, 나중엔 총을 들고서 한바탕 소란을 떠는 거죠."

그 마지막 설명이야말로 코리의 자존심을 쓰릴 만큼 상처 입힌 것 같았다. 그러나 그는 아무 말도 하지 않고 참아냈다.

"처음부터 난 이 첫 번째와 세 번째 이유를 조합시킨 것이 가장 진상에 가깝다고 보고 있었습니다."

웽거는 돌아갈 채비를 하면서 얘기를 이었다.

"그 여자는 당신에게 불안을 느껴 당신을 시험하기 위해서 이곳에 온 거요. 그러니까, 만일 당신이 그녀의 정체를 밝혀냈다면 한 발로 처치할 참이었소 한데 당신이 아직 블리스 사건 때의 일을 기억해 내지 못했기에 다행히 무사하게 넘길 수가 있었다는 얘깁니다. 자, 내일 경찰서에 와주시겠소? 다시 한 번 전반적으로 당신과 천천히 얘기해 보고 싶소. 경찰서 접수처에서 내 이름을 말해 주시오."

웽거는 그렇게 말하고 방을 나갔다. 수사본부로 돌아갔을 때는 밤이 서서히 밝아지고 있었다.

웽거는 몹시 지쳐 있어서 자신의 의자에 몸을 꺼질 듯이 파묻고는 책상에 양 팔꿈치를 대고 머리를 감쌌다.

"그런 흡혈귀 같은 여자가 어떻게 이 세상에 태어났을까?"

그는 울부짖듯이 중얼거리더니, 얼마가 지나자 머리를 들고 호주머니에서 손수건에 싼 권총을 꺼냈다. 그리고 그것을 누런 봉투에 집어넣어 봉한 다음, 다소 알아보기 힘든 글씨로 겉에다 휘갈겨 썼다.

'지문 검출을 부탁함. 웽거.' 그러고서 그는 수화기를 집어들었다.

"심부름을 보낼 일이 있으니 아무나 좀 보내 주었으면 하는데……."

"지금 여기엔 아무도 없는데요."

"어디 좀 찾아봐. 얼른 보내야 해. 아무나 괜찮아."

10분 정도가 지나자 훈련소에서 방금 나온 듯한 새파란 경관이 나타났다.

"늦었군. 어떻게 된 거야?"

"두 번이나 방을 잘못 찾아갔습니다. 이렇게 뒤얽힌 건물은 도무지 어디가 어딘지……."

"그래?"

웽거는 한잠도 못 자서 벌겋게 충혈된 눈으로 상대를 응시했다.

"경찰본부 감식과로 이걸 갖다 주게. 내용물은 권총이다."

그렇게 말하고 나서 조금 걱정스러운 얼굴이 되어 물었다.

"자네, 경찰본부는 알고 있겠지? 그곳도 복잡한 건물인데, 더구나 여기보다도 엄청나게 방대하다고……"

"알고 있습니다. 몇 번 심부름을 갔다 온 적이 있습니다."

젊은 경관은 재빨리 뒤돌아서 그대로 옆방으로 통하는 문쪽으로 걸어갔다. 그러고는 문을 열어보고 나서 당황한 듯이 쩔쩔매더니 웽거를 돌아보았다.

"복도로 나가는 문은 이쪽이네."

웽거는 조금도 웃지 않고 하품 섞인 목소리로 말했다. 피곤함과 졸음으로 웃을 기분도, 화낼 기분도 되지 않았던 것이다.

젊은 경관은 밖으로 나갔다.

살해된 네 사람

"코리 씨, 엊그제 밤 당신의 얘기는 전부 믿어도 좋겠죠?"

웽거는 중요 참고인이며 증인이기도 한 코리한테서 두 번째 질문을 시작하기 전에 이렇게 물었다.

그로부터 48시간이 지난 뒤에 수사본부의 취조실에 불려온 것이다.

"예, 틀림없습니다. 그 여자는 2년 전 블리스와 마조리 엘리오트 양과의 약혼 파티에서 얼굴을 내보였던, 블리스가 의문의 추락사를 당했을 때, 그와 함께 있었던 여자입니다. 역시 그때도 검은 옷을 입고 있었고, 눈매도 똑같을 뿐만 아니라, 입 부근의 형태도 똑같았습니다. 아니, 모든 느낌이 완전히 일치하는군요. 다른 것이 있다면 머리 색깔뿐이죠. 동일 인물이라고 맹세할 수 있습니다."

"고맙소. 당신의 여러 가지 얘기는 이 사건을 해결키 위한 중요한 단서가 되는데, 특히 이번 증언은 내겐 정말 중요하기 이를 데 없는 것이군요. 처음부터 내가 주장하고 있는 것을 뒷받침하는 게 되니까요."

웽거는 진지한 얼굴로 말을 이었다.

"사실, 블리스 사건의 용의자인 그 여자와 이번 사건의 여자가 동일 인물이라는 내 주장에 계장을 비롯해 누구 하나 믿어 주는 사람이 없었답니다."

"유감스럽군요. 빌어먹을! 내가 조금만 더 일찍 알아챘다면 좋았을 텐데……."

코리는 주먹을 움켜쥐고는 탕하며 테이블을 내리쳤다.

"자, 새삼스럽게 이제 와서 화를 내봤댔자 다시 시작할 순 없는 거 아니오?"

웽거는 위로하듯이 말했다.

"이미 사건은 일어나고 말았소. 그건 그렇고, 코리 씨, 당신은 우리한텐 정말 귀중한 존재요. 당신 덕분에 미해결된 네 명의 살인사건 중에서 두 가지가 한 고리로 연결되어 있는 것을 알았소. 그런데, 당신은 미첼이란 남자를 아십니까?"

"아뇨."

"프랭크 모란은?"

"그런 남자도 모릅니다."

"하지만, 당신은 괴이한 죽음을 당한 네 명 중 두 명까지는 알고 있소. 그 두 가지 사건으로 당신은 다리를 놓을 수가 있는 겁니다. 그런 의미에서 당신은 우리들에게 있어 대단히 중요한 인물이라는 거죠."

코리는 의아한 얼굴을 했다.

"하지만, 내가 같은 시기에 그들과 알게 된 것은 아닙니다. 내가 퍼거슨과 어느 칵테일파티에서 처음으로 알게 된 것은 지금으로부터……, 그러니까, 8개월쯤 전의 일이죠. 그 무렵엔 블리스는 이미 죽고 없었지요."

웽거는 순간 맥이 탁 풀리고 말았다.

"그래요? 그럼 그 두 사람의 관계에 대해서는 간접적인 소문 정도밖엔 당신도 알지 못하겠군요."

"그렇죠. 블리스에 대해서도 내가 아는 것은 그가 죽기 전의 기껏해야 1~2년간의 일뿐입니다. 더군다나, 그 시기에는 그와 퍼거슨과는 서로 만나지 않고 있었죠. 전혀 다른 길을 가고 있었단 말입니다."

"두 사람 사이에 뭔가 다툴 만한 일이라도 있었던가요?"

웽거는 조급한 듯이 질문했다. 그는 아직도 그런 가능성에 대한 추적을 결코 포기하지 않고 있었다.

"있을 리가 없잖습니까? 그들은 서로 별개의 세계에서 살아가고 있었으니까요."

코리는 쓸데없는 상상은 하지 말라는 투로 계속이었다.

"하는 일도 직업도 다르고, 따라서 그들의 교제 범위도 다르죠. 한쪽은 회사원, 그리고 다른 한쪽은 화가입니다. 각자의 생활방식이 정해진 뒤에는 더 이상 서로 접촉할 기회 같은 건 없었겠죠"

"둘 중 어느 쪽이 미첼이라는 이름을 입에 올린 적은 없었소?"

"없습니다. 기억이 없어요."

"그럼 모란이란 이름은?"

"그것도 들은 적이 없습니다."

"그러나, 이 두 사람과 블리스나 퍼거슨과의 관련성이 어디에도 없다면 말도 안 되지……."

웽거는 완고하게 자신의 주장을 굽히지 않았다.

"코리 씨, 일단 그 두 사람은 제쳐놓고 우리들에게 가까운 블리스와 퍼거슨 쪽을 조사해 보기로 합시다. 그런데 당신한테 부탁하고 싶은 것은, 두 사람이 서로 상대에 관해 얘기한 것들을 기억해 보시오. 그리고 그 얘기는 무엇을 바탕으로 한 건지. 가령 말이죠……, 여자나 승마나, 또한 금전 문제라든지……."

웽거는 숫자를 세듯 손가락을 꼽아 보며 말했다.

"그때의 화제를 꼭 기억해 내길 바랍니다. 내가 말하는 의미는 아시겠죠? 네 명의 남자 인생을 하나하나 원으로 그린다고 한다면, 이 네 개의 원은 반드시 어딘가에서 서로 겹쳐져 있을 거라는 것이 나의 변함없는 생각입니다. 그 겹쳐 있는 점만 명확해진다면, 거기서부터 새롭게 그 여자를 추적해 갈 수 있지 않을까 하는 거죠.

현재까지의 수사 방침은 거의 범죄 내용에만 근거한 탓에 여자의 신원은 물론, 그 동기도 전혀 파악하지 못했소 코리 씨, 우선 아까의 내 얘기를 잘 부탁합니다. 너무 서두르진 않아도 되지만, 우리로서는 한시라도 빨리 기억해 내 주시면 물론 고맙겠소……"

주임 형사 웽거는 또다시 계장과 대립했다.

"경찰서 내에서 자네의 의견에 찬성하는 사람은 이번에도 한 사람도 없는 것 같군. 요컨대, 같은 범인에게 네 번이나 당했다는 것은 지나치게 칠칠치 못하고 경찰의 위신에도 문제가 되네. 그것보다는 네 명의 범인이 네 가지의 각기 다른 사건을 저지르고 우리 손을 빠져나갔다고 생각하는 편이 우리에겐 오히려 위안이 되지 않겠나!"

계장은 웽거의 기분을 상하게 해서는 안 된다고 생각했는지 제3자처럼 완곡한 표현을 썼다.

웽거는 자기 자리로 돌아가 잊은 물건이라도 찾는 듯 한참 책상 서랍을 덜커덕거리고 나서, 집으로 돌아갈 생각으로 형사실을 나섰다. 이미 10시가 가까웠다. 사건 발생 이래로 잠자는 건 고사하고 제대로 쉬어 본 적이 없다 해도 과언이 아니다.

천천히 계단을 내려가고 있는데 밑에서 올라오는 코리를 만났다. 그는 느닷없이 형사의 팔을 붙들었다.

"마침 잘됐어요 아직 본부에 머물러 계시리라 생각은 했습니다만."

"웬일이오? 당신 같은 한량이 지금 이 시간에 이런 어울리지 않는 장소엘 다……"

"좀 전까지 클럽에서 카드를 하고 있었습니다. 그런데, 당신한테 들은 것, 그거 말입니다. 블리스와 퍼거슨이 서로 상대에 대해 얘기한 사실인데요⋯⋯. 그것이 딱 한 가지 문득 떠올랐기 때문에 카드를 그만두고 이렇게 달려온 겁니다."

"정말 멋진 일입니다! 자, 어서 얘기를 들어봅시다."

웽거는 졸음기가 확 달아난 듯한 얼굴로 앞장서서 계단을 오르고 있었다. 그리고 아무도 없는 구석방으로 코리를 데리고 가서 전등을 켰다.

"당신의 기대에 맞을지 어떨지는 모르겠습니다만, 조금은 쓸모가 있을 거라고 생각했죠."

코리는 서두를 꺼냈다.

"사람들과 트럼프를 하고 있는데, '어차피 마지막엔 내가 먹을 거니까⋯⋯.'라고 누군가가 말하더군요. 그 말이 문득 내게 퍼거슨을 연상시켰던 거죠. 그도 그런 식의 말을 자주 입에 올리곤 했거든요. 동시에 언젠가 그와 화실에서 포커를 했을 때의 일이 떠오르더군요. 그와의 대화 중 몇 마딘가가 저절로 머리에 떠오른 겁니다."

코리는 천장을 쏘아보면서 얘기를 계속했다. 모처럼 기억난 말들을 틀리지 말아야겠다고 조심하는 모양이었다.

"퍼거슨이, '이렇게 해보는 것도 놀기 좋아하는 친구들과의 금요일 모임 이후 처음이군.' 하고 말하더군요. 그래서 내가, '어떤 모임인가?' 하고 물었더니 '케네스 블리스와 나, 또 다른 두 명의 동료로 구성된 카드 모임이지. 매주 금요일 밤, 교대로 돌아가면서 자기 집으로 모두를 부르는 거네. 승부가 끝나면 모두의 공동 소유인 자동차를 타고 야단법석을 떨면서 시내를 달리는 거야. 물론 거나하게 취해서 얼떨떨한 기분이 돼 가지고 말이지…….' 하고 퍼거슨이 딜러가 되었을 때 카드를 나눠 주면서 그런 이야기를 했습니다. 참고가 좀 되겠습니까?"

"엄청나게 되고말고요."

웽거는 감격해서 코리의 등을 세게 쳤다.

그 힘이 너무도 강해서 코리는 테이블 끄트머리를 붙잡고, 가까스로 의자에서 굴러 떨어지는 불상사를 피할 수 있었다.

추리 문답

그로부터 열흘쯤 지나서 웽거는 세상에게 중간보고를 하러 갔다.

"수사는 좀 진행됐나?"

계장이 물었다.

"예. 그렇지만 마치 달팽이가 기는 것 같은 상태입니다. 그 '금요일 모임'의 나머지 두 사람의 이름은 알아냈습니다. 그런데 조사 과정에서 지독하게 난감한 벽에 부딪혔습니다. 이것을 뛰어넘지 못한다면 어쩌면 지금까지의 노력이 물거품이 되어 버릴지도 모릅니다."

"그건 어떤 의미인가?"

"미첼에 관한 것은 모르겠습니다. 그는 '금요일 모임'의 회원이 아니거든요. 좌우간, 먼지투성이의 기록 문서를 하나하나 조사해본 끝에 대강 짐작이 갈 듯도 한 사실을 발견했습니다. 거나하게 취해서 자동차를 타고 달리는 네 명의 남자가 치안을 방해하고 교통위반을 범한 뒤, 빈 술병을 내던져서 상점의 유리창을 깨고 급기야는 소화전을 쳐서 쓰러뜨려 붙잡히게 되었죠. 그 패거리는 모두 60일씩 구류를 당하고 손해배상을 청구당했습니다. 물론 운전면허증도 빼앗겼죠. 그 패거리 중 세 사람이 블리스, 모란, 퍼거슨이라고 정확히 기록으로 남아 있습니다."

웽거는 거기까지 얘기하고 나서 약간 어깨를 떨어뜨렸다.

"그런데, 네 번째 남자는 허니웨더라는 사람인데, 이쪽에서 전혀 모르는 이름이란 말입니다. 주소만은 그때의 기록을 복사해 놓았으니까, 그 남자에 대해서는 찾아내기가 어렵지 않을 겁니다. 하지만, 계장님, 미첼도 회원이라 한다면 그 금요일 밤의 소동에 그가 끼지 않은 것이 이상하지 않습니까? 게다가 그는 블리스, 모란, 퍼거슨과 마찬가지로 그 여자한테 살해당했어요. 이 점에서 갑자기 맥이 빠져 버리는군요. 갑자기 눈앞이 캄캄해지는 느낌입니다. 카드놀이 모임이 살인과는 무관하다고 한다면 지금까지 얼토당토않은 헛짐작을 한 게 돼서……."

"아, 잠깐 기다리게." 계장이 말을 막았다.

"그렇게 낙심할 일은 아닐세. 미첼은 그날 밤 병이 났다든가 해서 모임에 나올 수가 없었는지도 모르잖는가? 아니면 한 발 먼저 그들을 떠나, 소동이 일어났을 때에는 집에서 깊이 잠이 들어 있었을 지도 모르지. 아니면 여행을 떠나 있었을까……? 하여튼, 나로선 그 수사선을 지우게 되질 않길 바라네, 웽거. 자네와 마찬가지로 나도 크게 미련이 있다고 미첼이라는 벽이 생겼다면, 그 벽에도 부딪쳐 보는 게 좋아. 적어도 새로운 하나의 목표가 생긴 거지. 아무것도 변한 게 없는 것보단 낫지 않겠나……"

그리고 1주일가량이 지나서, 웽가는 다시 계장과 이야기를 나눴다.

"제가 조사해본 결과 허니웨더라는 남자는 만성적인 실업자였던 것 같습니다. 그가 마지막으로 살았던 하숙집 주인의 얘기에 따르면, 그는 아침부터 밤까지 방 안에만 틀어박혀 타자기를 두드렸다고 하더군요. 그 하숙집을 나오고 난 뒤의 일은 아직 파악하지 못했습니다."

"흠, 그래? 타자기를 치는 실업자라……?"

계장은 머리를 갸우뚱하고 말을 이었다.

"그러면 혹시 그 남자는 소설가 지망생은 아니었을까? 그런 종류의 사람들은……, 그래, 펜네임(필명)이란 걸 쓴다지? 허니웨더도 이름을 바꾼 걸 거야. 인상서는 확실한 것이 있는가?"

"예, 아주 정확한 것을 작성해 두었죠."

"아, 그럼 그것을 출판사마다 돌리게. 그리고 말이야, 미첼 쪽도 계속 신원을 캐내고 있다고 했었는데……"

"그는 그 그룹 패거리들이 자주 드나들던 술집의 바텐더였답니다. 그들의 권유를 받고 자동차를 탄 적도 몇 번인가 있었는가 봅니다. 그렇다면 그 친구는 항상 술집 진열장에서 몰래 술병을 꺼내곤 하지 않았을까요? 그래서 카드놀이 회원이 아니면서도, 그 패거리가 소동을 피우고 다닐 때면 대개 함께 달고 다니면서 어울릴 수 있었다는 얘기가 될 테죠."

웽거는 검시 때 본 기억에 있는 그 남자의 궁상스럽고 불운해 보이는 얼굴을 잠시 눈에 떠올리면서 말했다.

"그런 사실을 알았기 때문에 지금까지의 제 노력도 물거품이 되지 않게 되었습니다. 요컨대, 금요일 밤에 자동차를 타고 소동을 피우고 다닌 일, 그 일로써 미첼과 다른 세 사람과의 관계가 싹트게 되는 거죠. 하지만 아직 커다란 의문이 남아 있어요. 그 얘긴 그 패거리 중 누구 한 사람도 자기의 생명을 잃을 계기가 될 만한 짓은 하질 않았다는 겁니다. 그 정도의 악행을 저지르진 않았단 말이죠……. 그래서 생각되는 건데, 그 점이 풀리질 않아 지금 난 감해하고 있습니다."

"정말 그럴까? 정말로 살해당할 만한 원인을 만들지 않았을까?"

"당시의 경찰 기록은 뉴욕의 모든 지서를 통틀어서 조사했습니다. 아니, 가까운 시·읍·면에 있는 경찰서에 이르기까지도……."

"그러나 우리 경찰의 실수도 있을 수 있네. 그렇지 않다면 지금까지 그 패거리들이 활개를 치며 멋대로 날뛰도록 내버려 두었을 리가 없는 걸세. 경찰의 기록에는 남아 있지 않은 범죄가 어딘가에서 일어났던 게 틀림없다고."

"예. 그 문제 말인데요, 추리를 좀 비약해서, 그들은 실제로는 죄를 저질렀으면서 자신들은 전혀 모르고 있었다…… 혹시 이런 형태의 범죄가 일어났다고는 생각할 수 없을까요? 만일 그렇다고 한다면 제게도 해결 방법이 있습니다. 그들이 모인 날, 즉 매주 금요일입니다만, 그 날짜의 신문을 모조리 조사해 보려고 합니다. 그 수수께끼는 신문 어느 구석인가에 숨겨져 있을 게 분명해요. 단지

겉으로 나타난 것만으론 그들과는 아무런 관계가 없을 듯한 기사라도 수상쩍다고 여겨지면 끝까지 조사해볼 작정입니다."

웽거는 형사실로 돌아오자 경찰본부 감식과에 전화를 걸었다. 젊은 음성의 감식과 직원이 전화를 받았다.

"나 웽거인데, 지문 검출을 부탁한 권총은 어떻게 됐나? 설마 잃어버린 건 아닐 테고? 기다리다 목뼈 부러지겠네."

"권총이라니, 무슨 권총이죠? 이곳에서는 그곳에서 보낸 권총 같은 건 받아본 적이 없는데요."

"농담할 때가 아니야. 분명히 한 자루를 보냈단 말이야. 날짜는 잊었네. 아주 오래전 얘기라서. 그걸 자네들 쪽에서 아직도 보내오지 않았단 말이야. 그건 크리스마스 선물이 아니라고 좀더 책임감을 느껴 줘야겠어. 아니, 정말로 모른다는 건가? 이봐, 대답을 하란 말이야!"

"성가신 아가씨로군. 이쪽에서 기억이 없는 일을 가지고 왜 그렇게 딱딱거리죠? 주임 형사면 주임 형사지 왜 꼭 검찰총장처럼 으르렁거리는 겁니까?"

"뭐라고!"

웽거는 전화기에 달려들 기세로 소리를 질렀다.

"자, 자네와 다툰 게 이번이 처음은 아닐 걸세. 나는 한시바삐 권총을 되돌려받고 싶을 뿐이야."

"하지만 받지도 않은 것을 어떻게 돌려준단 말입니까? 그쪽을 잘 찾아보는 게 어떻겠습니까? 그러고 나서 우리한테 보냈다는 심부름한 순경도 한번 심문해 보시죠. 자, 그럼 실례……."

철컥하고 수화기가 내려졌다.

웽거는 이제야 영문을 알겠다는 얼굴로 혀를 차며 뚜두둑 하고 손가락 마디를 꺾었다.

"젠장, 그 얼간이 같은 풋내기 순경이 다 망쳐 버렸군······."

소설가와 소녀

요즘 한창 인기가 있는 추리소설 작가 홈스가 운전하는 로드스타는 도로변에 바짝 붙어서, 언제나처럼 조심조심 천천히 달리고 있었다. 마치 달팽이가 기어가는 듯한 모습이었다.

홈스 옆에는 애견인 셰퍼드가 느긋하게 앉아 있었다. 그가 그런 식으로 차를 느릿느릿 모는 것은 운전하면서 소설의 줄거리나 구성 등을 생각하기 때문이었다. 대도시를 벗어나서 시골 마을 같은 곳을 드라이브하다 보면 서재에서는 떠오르지 않는 구상이 떠오를 수도 있다.

마침 홈스가 새로운 작품의 결말을 생각하고 있을 때, 한 대의 택시가 빠른 속도로 휙 하고 그의 로드스타를 추월해 지나갔다.

그 택시의 손님으로는 젊은 여자 혼자만 타고 있었다고 홈스는 생각했으나, 물론 분명하게 본 것은 아니었다. 왜 그가 그렇게 생각했는가 하면, 택시의 뒤쪽 작은 유리창 한가운데로 여자의 머리가 보였기 때문이다.

이윽고 홈스의 차는 별장으로 들어서는 길목에 이르렀다. 그러자 정말 놀랍게도 아까 그 택시가 바로 앞에서 천천히 달리고 있는 것이었다.

아까 같은 속도였다면 까마득히 멀어져 갔을 텐데…… 더군다나 택시는 손님에게 여러 가지 지시를 받고 있는 것인지 길을 잃은 아이처럼 중심을 못 잡고 갈팡질팡하고 있었다.

마침 '개인 도로임. 통과할 수 없음. T 홈스'라고 쓰인 푯말이 세워진 곳까지 왔을 때, 택시 안에서 커다란 비명 소리가 세 번 똑똑히 들려왔다.

그리고 다음 순간, 문이 열리더니 손님인 젊은 여자가 길가의 부드러운 풀숲에 굴러 떨어진 것이다. 스스로 뛰어내린 것인지, 아니면 떼밀린 것인지는 잘 모르지만 어쨌든 여자는 몸이 한 바퀴 뒤집힌 다음, 나무 울타리 어딘가에 걸려서 가까스로 멈추었다.

택시는 그대로 속도를 올리고 사라졌다. 빨간 꼬리등이 점점 작아지더니 드디어는 아무것도 보이지 않게 되었다.

"많이 다쳤습니까?"

홈스는 웅크리고 앉아서 여자의 겨드랑이 밑으로 손을 넣어 일으켰다. 그러자 여자는 얼른 그쪽으로 기대어 왔다.

"왼쪽 다리가, 서지질 않아요. 어쩌면 좋죠?"

"우리 집으로 갑시다. 바로 저기니까요."

그는 부축을 해서 차에 태우고 조금 달리다가, 시골집을 도시 주택식으로 개조한 별장 앞에 차를 세웠다.

클랙슨 소리를 듣고 흑인 별장지기가 현관문을 열었다. 그는 아주 정중하게 홈스를 맞아들였다. 그 행동이나 표정은 오랜 세월을 바쳐 온 충성심에서 자연스럽게 우러나오는 것이었다.

"어떻게 됐습니까, 주인어른. 이번 작품의 결말은 좋은 명안이 떠오르셨습니까?"

"음, 대강은."

홈스는 못마땅한 표정을 지었다.

"그런데, 그 순간 다시 머리에서 사라져 버렸다네……. 샘, 이 아가씨가 많이 다쳤으니까 좀 부축을 해주게나. 차 정리는 나중에 해도 되네."

두 사람은 그녀를 부축해서 좁고 긴 방으로 데려갔다. 그 살롱풍의 방은 별장의 현관에서 안까지 죽 이어진 것이었다. 한쪽 벽에는 둥근 돌로 쌓아올린 벽난로가 있었다. 높이는 천장에 닿을 정도였는데, 아궁이의 구멍은 사람의 어깨높이 정도였다.

젊은 여자는 난로 앞에 놓여 있는 푹신푹신한 커다란 의자에 앉으려고 했다. 그러자 흑인 별장지기 샘은 재빨리 그녀를 안아 올려서 부근의 다른 의자로 옮겨 놓았다. 그러고는 나무라듯 말했다.

"저건 안 돼요. 주인어른만 쓰실 수 있는 '생각의 의자'라서요."

홈스는 흐릿한 전등 빛과 난롯불에 비친 그녀를 물끄러미 바라보고 있었다. 자가발전이라서 전등은 몹시 어두웠다.

그녀는 거의 소녀라고 해야 할 것 같았다. 고등학생 정도로 보이는 청소년이었다. 액세서리 같은 데에 신경을 써서 어른 흉내를 내려고 했겠지만, 그런 치장은 오히려 더 그녀가 어리다는 것을 드러나게 할 뿐이었다.

머리카락색은 어릴 적에는 밝은 금발 머리였던 것 같다. 지금은 진한 갈색 머리칼이 곱게 빗질 되어 있었다. 그러나 어딘가에 금

색을 연상시키는 데가 남아 있었다. 그리고 눈빛은 파란색이었다.

"대체 어찌된 일이오?"

홈스는 샘이 자동차를 정비하러 나가자 곧바로 물었다.

"아무것도 아니에요. 자동차가 멈추기 전에 뛰어내렸을 뿐이에요. 그렇게 하면 누구라도 이런 꼴이 되는 거 아니에요?"

"의사에게 보이는 게 좋겠군."

그녀는 몹시 마음이 내키지 않는 모양이었다.

"한참 움직이지 않고 있으면 다리의 부기가 가라앉을 거예요."

"하지만, 내가 보기에는 별로 부어 있는 것 같진 않군."

홈스는 거침없이 말했다.

그녀는 갑자기 왼쪽 다리를 움츠렸다. 그때 샘이 들어왔기 때문에 홈스는 의사를 불러오도록 일렀다.

얼마 안 있어 샘이 돌아왔다. 의사는 30분 이내에 오겠다는 것이다. 의사를 기다리는 동안 그녀가 말했다.

"저는요, 선생님은 대체 어떤 분일까 하고 늘 생각해 왔어요."

"그럼 내가 누구라는 걸 안단 말이오?"

그녀는 정열에 타오르는 듯한 얼굴을 하고서 한숨을 내쉬었다.

"선생님과 이렇게 마주앉아 얘기할 수 있다니, 상상도 못했어요!"

홈스는 의자에서 일어섰다.

"쓸데없는 얘긴 하지 말아요."

"하지만 선생님은 제가 상상하던 그대로의 분이세요."

그녀는 주저 없이 계속 말했다.

"멋진 청춘 멜로드라마 같은 것을 쓰는 작가는 막상 만나보면 삐쩍 마르고 허약하고……, 게다가 늙은이 냄새나 풍기는 사람이라는 것도 잘 알고 계실 테죠? 하지만 선생님은 운동선수처럼 튼튼한 체격에 정말로 멋지세요"

"그런 얘기를 그만두지 않으면 의사한테 부탁해서 상처를 꿰매 버리라고 하겠소" 홈스는 정말 화가 나려고 했다.

그녀는 방을 둘러보면서 말했다.

"멋진 별장이에요. 이렇게 큰집에 혼자서 살고 계시나요? 외롭지 않으세요?"

"난 이곳에 일을 하러 와 있는 거요"

그러니까 방해를 하지 말아 달라고 은연중에 넌지시 말한 것이었지만, 그녀한테는 통할 것 같지도 않았다.

"이런 난로는 무서워요. 사람이 선 채로 들어갈 수도 있잖아요."

"원래는 햄이나 칠면조를 연기에 굽기 위한 것이었나 봅니다. 그런데 너무 커서 불을 지피는 데 시간이 걸리기 때문에 약간 개조시켜 본 거요"

그 난롯불을 샘이 무거운 쇠막대기로 들쑤시고 있는데, 현관문을 두드리는 소리가 들리자 그는 쇠막대기를 벽에 세워 놓고 나갔다. 홈스도 의사를 맞으려고 뒤따라 복도로 나갔다.

그때, 그는 뒤에서 고통스러운 비명 소리를 들은 것 같았는데, 뚜벅뚜벅 걸어 들어온 의사의 발소리로 그 소리는 지워지고 말았다.

홈스가 의사와 함께 방에 들어갔을 때, 그녀는 새파랗게 질린 얼굴로 찡그리고 있었다. 그리고 불을 휘젓는 쇠막대기는 저절로 쓰러졌는지 바닥 위에 나동그라져 있었다.

"어서 봅시다."

의사는 조용히 상처를 만져보았다.

그녀는 몸을 떨면서 낮은 신음소리를 냈다.

"상당히 심한 타박상입니다. 삔 것이 아니에요. 뭔가 무거운 물체가 발 위에 떨어진 것 같습니다. 연골이 휘었을지도 모르겠는데……, 붕대로 감싸서 하루 이틀 정도는 안정을 취해야겠군요."

어지간히 아팠는지 그녀의 눈가로 눈물이 스며 나왔다. 그러나 어찌된 일인지 홈스 쪽을 향한 그녀의 얼굴에는 일종의 승리감 같은 것이 떠올라 있었다.

의사가 돌아가자 홈스가 말했다.

"그런데 어떻게 하면 좋겠소? 역까지는 40분이나 걸리고, 오늘밤 기차가 있을지 없을지도 모르겠고 사동차로 태워다 줘도 되겠지만 밤새도록 달려야 할 테니 그건 곤란하고."

"자고 가면 안 되나요?"

그녀는 정나미가 떨어지게 말했다.

"하지만, 아가씨네 식구들은 아가씨가 아무 말도 없이 다른 데서 자고 들어오면 염려하지 않겠소?"

홈스가 타이르듯이 말하자, 그녀는 목구멍 속에서 킥킥거리며 웃는 것 같았다.

"괜찮아요. 모두 뉴멕시코로 갔어요. 3일 동안은 아무도 집에 없는 걸요."

"집을 보는 사람이 집을 비우면 안 돼요."

홈스는 할 수 없다는 듯 쓴 미소를 지으면서 어떻게 하면 좋겠냐는 듯이 샘의 얼굴을 쳐다보았다.

샘은 괜찮을 거라는 표정으로 그를 돌아보았다.

"좋아, 아래층에 침대가 있는 방을 치워 주게."

홈스는 이렇게 말하고서, 이 골치 아픈 문제를 끝내려 했다. 그녀는 몹시 기분이 좋은 듯했다.

"전 프레디 캐머런이에요. 선생님의 열렬한 팬이었다는 건 아까 말씀드렸죠? 선생님한테 접근을 할 수 있는지 없는지 친구들과 내기를 해서 제가 트릭과 모험을 했는지도 모르잖아요? 그렇게 생각되지 않으세요?"

홈스가 반응을 보이지 않기 때문에 그녀는 얘기를 중단했다.

샘이 그녀의 방을 정리하는 동안, 두 사람은 묵묵히 의자에 앉아 있었다.

그런데 갑자기 다시 그녀가 말을 걸어왔다. 어린애처럼 눈을 빙글빙글 굴리면서.

"저, 선생님. 저쪽 구석에 늘어서 있는 총들은 뭐예요?"

"난 짬이 나면 사냥하는 것을 좋아해요."

"총알이 들어 있는 건가요?"

"물론이지……."

홈스는 고개를 끄덕여 보이고, 이렇게 덧붙여 말했다.

"저 총은 발사할 때 굉장히 반동이 심해요. 자, 그럼 잘 자요. 내일은 아침부터 일에 들어가니까 아가씨 얘기 상대는 돼 줄 수가 없을 것 같소."

그는 2층의 침실로 올라가고 있었다.

떠들썩한 별장

다음 날 저녁, 홈스의 작업실 문밖에 샘이 시계를 들고 서 있었다. 그는 한쪽 손으로 주먹을 쥐고 높이 들어, 시계의 초침이 1분을 도는 순간 얼른 그 손을 내렸다.

"정각 5시입니다!"

샘이 선고하는 듯한 어조로 외치자, 금세 문이 열리고 홈스의 모습이 나타났다. 머리칼은 부스스하고, 눈은 충혈되어 있고, 얼굴은 퉁퉁 부은 듯해 보였다. 일에 녹초가 된 탓이다.

방 앞에는 샘의 뚱뚱한 몸 뒤에 숨어, 조그만 체격의 여자가 아까부터 홈스를 기다리고 있었다.

치수가 맞지 않는 옷, 철테 안경, 흰 머리칼이 섞인 머리는 아무렇게나 뒤로 질끈 동여매서 목 부분에 둥그렇게 늘어뜨리고 있었다. 수수하고 내향적이며 꼼꼼할 것 같은 여자였다.

"전 트랜트 씨의 소개로 왔습니다. 타이피스트예요."

그녀가 인사를 했다. 마침 그때 홈스가 일어난 기미를 알아차리고 캐머런이 찾아왔다.

홈스는 새 타이피스트의 얼굴을 힐끔 쳐다보더니 말했다.

"전에 있었던 사람은 타자 솜씨도 서툴고, 거기에다가 무척 사치스러운 여자라서 몹시 애를 먹었는데……, 당신은 아예 이곳에 머물기로 작정하고 왔겠죠?"

"예."

"당신이 와주어서 마음이 놓이는군요. 벌써 상당한 분량을 녹음해 두었소. 당신 일 속도는 모르겠지만, 따라오려면 2~3일은 걸릴 거요."

"저는 속도보다는 정확, 신중성에 특별히 신경을 쏟고 있습니다. 이를테면 쉼표 하나를 치더라도 틀리지 않는 것을 자랑으로 삼고 있습니다."

그녀는 몹시 수줍어하는 얼굴로 그렇게 말했다.

홈스는 팔짱을 끼고서 말했다.

"샘, 이 타이피스트 아가씨를 안내해서……, 흠, 그런데 아직 당신의 이름을 물어보지 않았군요?"

"키치너예요."

"샘, 키치너 양의 가방은 2층 입구 쪽 방에 넣어 드리게."

두 사람이 그곳을 떠나자 캐머런은 불만스러운 얼굴을 하고 홈스의 옆으로 다가왔다.

"우리가 저 보잘것없는 노처녀하고 함께 사는 거예요?"

"마음에 안 드나?"

"물론이에요."

그녀는 몹시 기분이 상해 있었다.

"여자는 원래 자기 혼자서 집 안을 휘젓는 것을 좋아한단 말이에요. 그게 꿈이에요."

홈스는 그녀의 얼굴을 차가운 눈으로 말없이 쳐다보았다.

"알 만하군."

그는 혼잣말을 하고서 세면장 쪽으로 사라져 버렸다.

홈스가 세면장의 거울을 바라보며 머리를 빗고 있는데 샘이 들어왔다.

"댁에서 일을 하시는 편이 좋지 않으실까요? 여기보다는 오히려 조용하고……."

"글쎄……."

그날 오후, 살롱 풍의 방에서 홈스와 캐머런과 키치너 세 사람이 마주하고 의자에 앉았다. 샘이 과자 접시를 들고 왔다.

캐머런은 그때부터 죽 퉁퉁 부어 있었다. 그녀는 키치너 앞에서 자기가 이곳 가족의 한 사람이기라도 한 듯이 행동하며, 그것을 인식시키려고 애를 쓰고 있었지만 홈스 편에서 보면 어이없고 웃음거리밖에 안 되는 것이었다.

"샘."

홈스는 방을 나가려고 하는 흑인 별장지기를 불러 세웠다.

"전번에 자네가 휴일을 가진 게 얼마나 됐지?"

"벌써 한참 지났죠. 그렇지만 휴일을 주신다고 해도 이 시골에서는 갈 데도 없습니다."

"그럼, 뉴욕까지 놀러 가면 되겠군. 저녁 휴식을 할 때 내가 차로 역까지 데려다 주지……. 그 대신 그곳에 가면 내 아파트에 들러서 가지고 올 게 있네."

"잘 알았습니다. 하지만 제가 집을 비울 동안에 불편하지는 않으실까요?"

"별로 걱정할 필요 없네. 오늘 아침처럼 캐머런 양이 식사 준비를 하면 될 테니까."

그녀는 펄쩍 뛰었다. 비로소 생글생글 웃는 얼굴을 하는 것이다.

"예, 그럼요. 제가 만들게요. 저도 아주 잘해요. 맡겨만 주세요!"

그날 밤, 홈스가 샘을 역까지 바래다주고 혼자서 천천히 별장에 돌아왔을 때는 그럭저럭 10시를 넘어서고 있었다.

애견인 셰퍼드는 습관대로 그의 옆자리에 조용히 앉아 있었다.

시골의 밤은 죽은 듯이 고요했다. 길 위에 차의 그림자도 없고 택시 한 대도 지나가지 않았다.

별장에 도착하자 홈스는 직접 차 뒷정리를 하고 자기 열쇠로 현관문을 열었다. 이런 사소한 일도 평소엔 모두 샘에게 시켰기 때문에 그에게는 왠지 어색한 느낌이 들었다.

홈스가 안에 들어가자 계단 밑에 캐머런이 서서 귀를 기울이고 있는 모습이 보였다. 그것과 동시에 2층에서 누군가가 소리를 죽여 울고 있는 것을 그는 들을 수 있었다.

캐머런은 생긋 웃으면서 속삭이듯이 그에게 말했다.

"저 여자, 나가겠대요."

"뭐라고?"

"키치너 양이 지금 짐을 싸고 있단 말이에요. 누가 창문 너머로 돌을 던져서 나가라고 소리친 적이 있었거든요."

"그런데 아가씨는 왜 좀 말리거나 달래 주지 않았지?"

홈스는 호통을 치듯이 말했다.

캐머런은 세게 고개를 저으며 말했다.

"그럴 필요가 어디 있어요. 저 여자는요, 19세기 말엽에 유행한 듯한 면 잠옷 바람으로 이곳으로 뛰어 내려와서는 반 미친 듯이 제게 매달렸어요. 지금 저 흐느끼는 소리는 폭풍 뒤의 아주 희미한 흔적에 지나지 않아요. 그리고 아무리 말려도 돌아가겠다고 막무가내라서, 제가 기차 시간을 알아다 줬어요. 끔찍한 개구쟁이의 짓인지도 모르겠어요."

"글쎄, 그런 못된 개구쟁이는 이 근방에 흔치 않았는데."

홈스는 퉁명스럽게 말하고 계단을 올라갔다.

키치너 양은 신경안정제를 먹으면서 여행가방을 챙기고 있었다.

테이블 위에는 주먹만 한 크기의 돌이 놓여 있고, 그 옆에는 돌을 싸서 던진 것으로 보이는 종이가 펼쳐져 있었다. 그리고 창을 보니, 유리 한 장에 별 모양의 구멍이 나 있었다.

홈스는 종이에 뭐라고 쓰여 있는 것이 눈에 띄어 손에 들고 읽어 보았다.

아이들 글씨로, '오늘 밤 안으로 여기서 나가라! 그렇지 않으면 네 목숨은 없는 거나 마찬가지야.'라고 쓰여 있었다.

"이런 사소한 일로 이렇게까지 소란을 피울 필요는 없잖소?"

그가 달래듯이 말하자 그녀가 말했다.

"하지만 이런 일을 당하고서 전 오늘 밤은 잠을 잘 수가 없어요. 너무나 신경이 예민해서……."

"시시한 장난이오."

"그럴까요?"

키치너 양은 불안한 표정을 지으면서 짐을 꾸리던 동작을 멈추었다.

"대체 누가 이런 장난을……"

"그야 나도 알 수 없소. 하지만 돌이 날아왔을 때 당신은 아래를 내려다보지 않았소?"

"아뇨. 어떻게 그런……. 전 너무나 놀라서 계단으로 뛰어 내려갔어요. 그래도 선생님이 돌아오셔서 무척 안심이 돼요."

"정말 그렇게 무섭다면 무리하게 붙잡지는 않겠소. 지금이라도 역까지 바래다주리다. 12시 15분 전에 출발하는 기차에 충분히 맞출 수가 있을 거요. 타이프는 다음 주에 내가 뉴욕에 돌아가서 그쪽에서 처리를 하면 되니까, 당신 좋을 대로 하시오."

홈스의 말은 그녀의 마음에 든 것 같았다. 깊은 한숨을 내쉬고 나서 결심을 굳힌 듯이 양손으로 침대 다리를 세게 잡았다.

"돌아가는 건 그만두겠어요! 저, 지금까지 일을 중도에서 그만둔 적은 없었거든요. 끝이 날 때까지 여기에서 해보겠습니다."

"나도 그쪽이 좋겠다고 생각해요."

홈스는 조용한 미소를 띠며 말했다.

"셰퍼드가 무서워서 밖에서는 아무도 못 들어와요. 만일 그래도 불안하다면 내 소형 권총을 머리맡에 두고 자겠소? 어딘가 서랍에 넣어 두었을 테니까 찾아오겠소."

"아니요, 이젠 됐어요."

키치너 양은 황급히 손을 저었다.

"그런 것을 가지고 있으면 더욱 무서운 생각이 들 거예요. 권총 같은 것은 정말 싫어요."

"알겠소. 끝까지 참고 견뎌 주겠다는 결심에는 나도 감탄했소. 앞으로 당신을 위해서 소개자인 트랜트 씨에게도 이 사실을 얘기해 두겠소. 자, 실제로는 아무 일도 일어나지 않을 테니까……"

홈스가 계단 밑으로 내려가자 캐머런이 방 한구석에서 엽총을 만지작거리고 있었다.

그의 발소리가 조용해서 들리지 않았는지도 모른다.

"그런 장난은 반갑지 않군. 어제저녁에도 가르쳐 주었듯이, 거기에는 탄환이 들어 있어요."

홈스가 말을 시키자 깜짝 놀란 듯이 그녀는 돌아다보았다. 그리고 손에 들고 있던 총을 본래의 벽에 걸어 놓을까, 아니면 밑에 내려놓을까 하며 머뭇거리고 있었다.

홈스는 우뚝 선 채로 그녀에게 눈길을 쏟고 있었다.

필요한 경우에는 날쌔게 몸을 움직일 수 있도록 태세를 갖추고 있는 것도 같았다.

"용서하세요, 잘못했어요……"

캐머런은 엽총을 벽에 세워놓은 뒤, 손을 싹싹 비비는 시늉을 했다. 홈스도 꽉 움켜쥐고 있던 손을 풀었다.

손바닥에 조금 땀이 나 있었다.

다소 안도의 한숨을 돌린 듯이 홈스는 자신의 '생각의 의자'에 걸터앉았다. 그리고 어지간히 응석꾸러기 아가씨라는 듯이 상대의 얼굴을 뚫어지게 바라보면서 그는 중얼거렸다.

"아니, 내가 말한 것은 그런 의미가 아니오. 아가씨는 별로 나쁜 짓을 한 것도 아닌데 뭘……"

겨누어진 총구

다음 날 아침 식당에서 캐머런은 몹시 들떠 있었다. 기분이 좋은 듯이 휘파람까지 부는 것이다.

'내가 만든 아침식사예요!'라는 뜻일 게다.

식사가 끝나고 얼마가 지나자 홈스는 의자를 뒤로 물리고 캐머런에게 말했다.

"샘은 점심때쯤엔 돌아올 거요. 난 곧 일을 시작하니까 얌전히 있어야 해요."

"전 2층에 가서 타이프를 치겠어요."

키치너 양도 일어섰다.

"그럼, 넌 뭐 부활절 달걀에 색칠이니 해야겠네……."

캐머런은 다시 본래의 부은 얼굴로 되돌아가고 말았다.

홈스는 방문을 닫고 난로 속에 장작을 던져 넣은 뒤, 신문지로 불을 붙였다. 그러고 나서 책상 위의 녹음기에 씌워놓은 천을 벗기고 열심히 조절하기 시작했다.

그러나 그런 사소한 작업은 모두 샘의 담당이었기 때문에 홈스의 손놀림이나 모습은 몹시 서툴고 자신이 없는 것이었다.

그럭저럭 겨우 녹음기를 알맞게 조절해 놓고 그는 작은 마이크를 잡고서 '생각의 의자'에 파묻혔다.

하루의 창작 활동이 시작된 것이다.

준비는 제대로 끝냈지만, 정작 중요한 '생각'은 조금도 나지 않는 것이었다. '생각'하는 일이 무엇인가에 방해를 받는 듯했다.

홈스는 5분이나 머리를 쥐어짜 보고 나서, 포기한 듯이 벌떡 일어섰다. 그러고는 캐머런의 방을 엿보러 갔다.

"어머나, 웬일이세요?"

그녀는 머뭇거리면서 물어보았다.

이상하다는 얼굴이었다.

"아니, 아이디어가 조금도 떠오르지 않아서 그래……. 어때? 내 방에 오지 않겠소? 아가씨와 얘기를 좀 하고 싶어지는데. 그러면 재미있는 생각이 떠오를지도 모르겠어."

"어머! 신성한 작업실에 들어가도 돼요?"

그녀는 너무나 놀라워했다.

홈스는 그녀를 데리고 자기 방으로 돌아갔다.

"앉지 그래요"

"이 의자에 말이에요? 이건 선생님 이외의 사람이 앉아선 안 되잖아요?"

"그건 샘의 얘기지……. 그 의자가 다른 의자와 무슨 차이가 있다는 거지?"

그 말에는 특별한 의미가 담겨 있는 것 같기도 했다.

캐머런은 이제 더 이상 주저하지도 않고 그 '생각의 의자'에 풀썩 주저앉았다. 홈스도 다른 의자에 걸터앉았다.

"저와 얘기하고 싶으시다니 어떻게 된 거죠?"

그녀 쪽에서 먼저 말을 꺼냈다.

거기에는 대답하지 않고 홈스는 물끄러미 그녀를 바라보고 있다가 불쑥 말했다.

"아가씨 손을 잠깐 만져도 될까?"

캐머런은 마지못해서 손을 내밀었다. 손바닥은 사랑스러웠고, 손목도 반듯한데다 떨거나 하지도 않았다. 감추는 것이 없다는 증거이리라.

그러다가 홈스는 무슨 생각을 했는지 갑자기 그 손을 떨쳐 버렸다. 의외로 힘이 들어가 있었기 때문에 손은 그녀의 가슴에 세게 부딪쳐 버리고 말았다.

그는 벌떡 일어서서 잠긴 음성으로 말했다.

"일어서! 아가씨는 나를 조롱하려고 온 거지? 친구들과 그런 내기라도 했나?"

홈스는 그녀가 한마디도 하지 못하고 있는 사이에, 출입문 있는 곳으로 가서 문을 힘껏 열어 빨리 나가라는 시늉을 했다.

"싫어요. 무슨 말씀을 하시는 거예요?"

캐머런은 자기 방 앞까지 가서 유감스러운 듯 이쪽을 돌아보았다.

"안 돼. 조금만 물러가 있어. 무슨 소리가 들려도 절대로 내 방에 들어와선 안 돼. 알겠지?"

이제까지의 화난 말투가 아니고, 홈스는 부드럽게 말했다. 그리고 나서 더욱 부드러운 말투로 2층의 타이피스트를 불렀다.

"키치너 양, 얘기하고 싶은 게 있는데, 잠깐 여기까지 왔으면 좋겠소"

빗물이 두드리는 소리와도 같은 타이핑 소리가 뚝 멈췄다.

키치너 양은 여느 때처럼 차분한 자세로, 그러나 종종걸음으로 계단을 내려왔다.

"어디까지 나갔소?"

홈스는 방문을 닫으면서 물었다.

"제1장 중간쯤까지예요."

"그래요? 실은 그 작품의 주인공 이름을 바꾸고 싶은 생각이 갑자기 났소. 아니, 그 의자도 괜찮소 앉으시오."

"하지만, 이것은 선생님의……"

"상관없으니까 그냥 앉아요."

키치너 양은 막대기라도 먹은 듯이 등을 빳빳이 세우고는 '생각의 의자' 끄트머리에 간신히 걸터앉았다.

"이름을 바꾸는 건 귀찮은 일일 테지? 지금까지 친 것 중에 주인공 이름이 나왔소?"

"잠깐 기다리세요. 가서 조사해 볼게요……"

그녀가 일어서려는 것을 홈스는 손으로 막았다.

"일부러 보러 가지 않아도 돼요. 아니, 키치너 양, 안색이 안 좋은 것 같은데? 기분이라도 상한 게요?"

"예……? 아뇨. 그냥, 이 의자에 앉아 있으니까 난로의 불기가 너무 화끈거려서요."

"그럼 어쩐다지?"

홈스는 갑자기 팔을 뻗어서 그녀의 손목을 붙잡았다. 움츠릴 틈도 없었다.

"아냐, 당신의 손은 얼음처럼 차갑소! 더구나 지금 떨고 있잖소?"

그녀는 크게 숨을 몰아쉬고 의자에서 허리를 반쯤 일으켰다.

"왜 이러세요? 제 말을 끝까지 들으세요."

"아냐! 아냐."

두 사람은 동시에 일어섰다.

홈스는 상대의 어깨를 눌렀다. 그녀는 풀썩 쓰러지듯 앉으며 이번엔 옆으로 몸을 획 돌려 피하려고 했다. 그러나 허사였다. 그녀의 안경이 벗겨져 바닥에 떨어졌다.

"뭘 그렇게 무서워하고 있소?"

홈스는 냉정했으나, 키치너 양은 마치 히스테리 발작을 일으키는 것 같았다.

느닷없이 어디에 숨기고 있었는지 그녀의 손에 잭나이프가 번쩍거렸다. 그녀의 동작도 빨랐으나, 홈스 쪽이 좀더 빨랐다. 그는 상대의 손목을 붙잡고 의자의 등에 밀어붙였다. 손목이 조금 비틀리면서 칼은 뚝 떨어졌다.

"타이피스트의 소지품치곤 별난 것이로군. 당신은 일을 하는데 그런 칼을 쓰나 보지?"

키치너 양은 이젠 미친 듯이 날뛰며 그에게 맹렬하게 달려들었다. 그는 있는 힘을 다해서 상대의 목덜미를 붙들고 억지로 의자에 앉혔다.

"일어설래요……, 일어설래요!"

"안 돼, 절대로 당신이 모두 털어놓을 때까지는 안 돼."

"저쪽에 총신이 짧은 총이 매달려 있어요."

키치너는 헐떡이면서 난로를 가리켰다.

"안쪽의 얇은 철판 위에 총구가 이 의자 쪽으로 향해 있어요! 그러니까 난로의 열이 높아지면 총알이 들어 있는 총이……."

"누가 그런 짓을 했지?"

"접니다. 제가 했어요!"

"어째서? 자, 빨리 그 이유를 말해 봐!"

"전 닉 킬린의 아내예요. 그래서 당신을 죽이려고 이곳에 온 거라고요!"

"좋아, 그것으로 됐어."

홈스는 고개를 끄덕이며 뒤로 물러섰다. 그리고 그녀에게서 손을 뗐다.

그때 눈이 부실 듯한 광선이 그녀의 등 뒤에서 번쩍이며 홈스의 얼굴을 비추었다. 그리고 요란한 소리와 함께 뭉게뭉게 피어오르는 연기가 그녀를 휩싸버렸다.

변장

마치 커다란 풀무(불 피울 때 바람을 일으키는 기구)를 가지고 난로 속에서 거꾸로 바람을 보낸 것 같았다.

킬린의 아내라고 이름을 밝힌 여자는 경련을 일으키면서 다시 한 번 튀어오려 했다. 그 반동을 이용해서 도망칠 생각인 것 같았다. 그러나 다시 털썩 주저앉으며 짙은 연막 속에서 물끄러미 홈스의 얼굴을 지켜보았다.

"괜찮소 걱정할 필요는 없소"

홈스는 침착한 음성으로 말했다.

"불을 지피기 전에 내가 탄환을 빼놓았소. 그러니까 총에 들어 있는 건 화약뿐이라는 얘기요. 이건 모두 저 녹음기 덕분이지.

어젯밤 당신이 이 방에 몰래 들어왔을 때, 녹음기의 스위치를 건드려 그때부터 기계가 작동하기 시작했소. 그래서 바닥의 삐걱거리는 소리부터 난로 속의 철판을 만지는 소리까지, 그동안의 일체의 소리가 녹음된 거요. 다만 내가 알지 못한 것은, 몰래 들어온 사람이 당신과 캐머런 두 사람 중 누구인가 하는 것뿐이었소. 그래서 시험 삼아 당신들을 그 의자에 앉혀 본 거요……."

그때, 문이 세차게 열리면서 캐머런의 하얗게 질린 얼굴이 보였다.

"지금 그 소리는 뭐예요?"

"뭐라고 할까. 아가씨하곤 관계없는 일이야."

홈스는 양손을 벌려 그녀를 쫓아내려고 했다.

"자, 이제 아가씨는 다리도 다 나았고 이곳에는 볼일이 없을 텐데? 어서 집으로 돌아가지! 열렬한 팬인지, 모험을 지나치게 좋아하는 아가씨인지는 모르겠지만, 언제까지나 이런 장난 상대는 해 줄 수가 없어. 자, 어서……."

문은 캐머런이 열었을 때보다 두 배나 세게 닫혔다. 홈스는 테이블에 엎드려 있는 여자 곁으로 돌아왔다.

"총의 장치가 제대로 성공했다고 해도 저 떼쟁이 소녀는 어쩔 셈이었소?"

"어떻게 할 생각은 아니었어요. 고작 해야 도망칠 때 묶어놓고 가는 정도였을 거예요."

홈스는 포도주를 한 잔 가득하게 여자에게 따라 주었다.

"자, 마셔요. 당신은 너무 지쳐 있소. 마시고 기운을 차려요."

포도주를 마시고 나서 얼마가 지나자, 여자의 얼굴에 화색이 돌아왔다. 이젠 변장해서 푸르죽죽한 노처녀의 얼굴은 이미 사라졌다.

키치너 양의 그림자는 투명한 셀로판지를 벗겨 내듯이 지워지고 없었다. 그녀는 이제 죽은 킬린의 아내—아니, 결혼 전의 줄리 베넷이란 아가씨로 돌아가 있는 듯이 보였다.

"홈스 씨, 전 이제 당신 이외의 적은 모두 해치웠어요. 닉의 영혼이 죽 그것을 지켜봐 주었으리라 믿어요. 하지만 역시 여자는 한계가 있는 존재군요. 마지막 한 사람인 당신한테 결국 들통나고 말았으니, 자, 어서 경찰을 불러 주세요."

"내가 경찰이오."

추리소설 작가 행세를 하던 사람은 뜻밖에도 다름 아닌 웽거 형사였던 것이다.

"홈스 씨는 훨씬 전에 안전한 장소로 피신해 있소. 버뮤다 섬에 숨어 있지. 그리고 내가 대신 당신이 나타나기를 기다리고 있었던 거요."

웽거는 책상 위에 놓여 있던 홈스의 저서 한 권을 집어들어 보면서 말했다.

"테이프에 녹음되어 있는 것은 이 소설이었소. 그가 아직 그렇게 유명하지 않았을 시절의 작품이라서 알아보지 못할 것이라 생각했지. 좀 불편했던 것은, 셰퍼드가 별로 잘 따르지 않는 것이었소. 샘은 훌륭하게 연기를 해주었지만……"

킬린의 아내는 입술을 깨물었으나, 이제는 그렇게 애석해하는 표정도 아니었다.

"지나치게 자신감을 가졌던 게 불찰이었어요. 네 명째까지는 아주 멋지게 해냈는데. 블리스, 미첼, 모란, 퍼거슨……."

"그런 말을 해도 괜찮은 거요?"

웽거는 무뚝뚝한 어조로 말했다.

"당신 말은 모두 녹음되고 있소"

"조금도 개의치 않습니다. 범행을 감추고 도망치려 하는 좀도둑과는 달라요."

그녀의 얼굴에는 강한 불만의 빛이 떠올랐다.

"그건 당신의 인식 부족이에요! 나는 내가 한 일을 모두 자랑스럽게 생각합니다! 세상사람 모두에게 알리고 싶을 정도로……."

그렇게 말하고 그녀는 비틀비틀 녹음기 옆으로 걸어갔다. 그리고 실제로 자부심에 넘치는 열정적인 음성으로 마이크에 대고 말하는 것이었다.

"나는 블리스를 밀어서 떨어뜨렸습니다. 미첼에게는 시안화칼륨을 먹였습니다. 모란은 창고 속에 가두어 질식시켰습니다. 퍼거슨은 심장을 목표로 화살을 쏘았습니다. 나는 줄리 베넷입니다……

아, 닉! 제가 하는 말을 듣고 있어요, 예? 듣고 있는 거예요? 당신의 원수를 쓰러뜨릴 수가 있었어요. 마지막 한 사람은 놓치고 말았지만. 형사님, 이젠 끝났어요. 자, 나를 체포해 주세요."

"그렇게 서두를 건 없소 당신을 붙잡기까지 긴 세월이 걸렸으니까, 새삼스럽게 지금에 와서 5분, 10분 정도 아무래도 좋소 다시 한 번 앉아 주시오."

그녀가 의자에 앉자 윙거는 이렇게 말했다.

"지금의 녹음은 우리에겐 큰 도움이 됩니다. 하지만 단 한 가지 빠뜨린 말이 있소. 당신이 '왜 그랬는가?' 하는 것에 대한 설명. 당신의 범행 동기가 파악되지 않아서 수사하는 데 큰 애로를 겪다가 겨우 그것을 알아냈소. 만일 몰랐다면 홈스 씨도 다른 사람들과 똑같은 운명에 처했을 거요."

"그만두세요! 당신이 무엇을 이해할 수 있다는 거죠?"

그녀의 눈에서 불꽃이 튀었다고 생각되었다.

"그 누구도 이해할 수가 없을 거예요. 당신은 이런 감정을 경험한 적이 있나요? 먼지투성이의 경찰 문서나 낡은 신문에서 두 줄, 세 줄의 기사는 찾아냈을지도 모릅니다만, 그것으로 살아 있는 진실을 알아낼 수 있었나요?

내 가슴에는 그때의 기억이 지금까지도 생생한 상처로 남아 있어요! 눈만 감으면 그 사람의 얼굴이며 모습이 항상 떠오릅니다. 닉, 내 남편 말이에요……. 그이가 살해당한 것은 벌써 오래전 얘기지만, 내게는 바로 어제 일처럼 또렷하게 기억이 난다고요!"

킬린의 아내의 가슴속에 지금도 생생하게 남아 있다는 마음의 상흔은, 그녀의 결혼식 날 새겨진 것이었다.

그날, 뉴욕의 변두리 교회에서 그녀는 줄리 베넷이라는 이름의 아가씨에서 닉 킬린의 아내로 불리는 여자가 되었다.

결혼식이 끝나자 축하객들은 와 하고 두 사람을 에워쌌다.

악수를 청하는 사람, 등을 두드리는 사람…….

'축하합니다.' '축하합니다.' 하는 소리의 물결이 두 사람을 에워싸고 있었다.

"나한테 소중한 사람은 당신뿐이오."

닉이 그녀의 귀에 속삭였다.

그녀는 생긋 웃으면서 수줍은 듯이 남편의 팔에 팔짱을 꼈다.

두 사람이 나란히 걷기 시작했다.

눈앞에는 문이 활짝 열려 있었다. 두 사람의 영원한 미래를 향해서, 뒤에는 분홍색, 노란색, 하늘색, 라일락 빛깔, 가지각색의 하늘하늘한 실크 모자를 쓴 들러리 소녀들이 움직이는 꽃밭처럼 뒤를 따랐다.

신랑과 신부는 교회 현관을 나와 넓은 돌계단을 내려갔다.

그런데 바로 그때 자동차의 브레이크 밟는 소리가 들리면서 교회의 모퉁이 쪽에서 갑자기 커다랗고 시커먼 물체가 모습을 드러내는 것이었다.

사람들은 새카맣게 칠해진 세단 차가 보도의 경계선을 넘어들어와 그대로 교회 돌계단을 올라오는 게 아닌가 하고 의심할 정도였다. 그만큼 난폭한 운전이었다.

그런데 기적이라 해도 좋을 정도로 자동차는 갑자기 방향을 바꿔서 곧바로 나아가고 있었다. 그리고 더욱더 속력을 올려서 멀리 사라져 버린 것이다.

시간으로 따진다면 거의 찰나에 지나지 않은 일이었다.

그 순간 교회 건너편 쪽 집의 창문에서는 번쩍하고 타오르는 듯한 광채가 났으며, 자동차가 남긴 짙은 검은 연기가 돌계단에 선 사람들을 감싸 버렸다.

마치 악령이라도 지나간 뒤 같았다.

검은 연기는 난폭한 자동차의 빨간 꼬리등이 저편으로 사라진 뒤에야 조금씩 엷어지기 시작했다.

"닉!"

신부인 줄리의 공포에 찬 비명을 사람들은 들었다.

그녀와 나란히 서 있던 신랑인 닉은 이 비명과 함께 풀썩하며 그녀의 발치에 쓰러졌다.

사람들은 구름 떼처럼 와글와글 줄리의 주위에 모여들었다.

그녀의 새하얗고 기다란 웨딩드레스 자락에 작은 피 얼룩이 져 있었다. 그녀는 최면술에 걸린 사람처럼 멍하니 그것을 바라보고 있었다.

이윽고 소란한 사이렌을 울리면서 응급차가 달려왔다.

시체가 된 남편의 얼굴에 뺨을 비벼대고 있던 줄리는 등을 펴고 훌쩍 일어섰다. 그러고는, "절대로 잊지 않겠어!" 하며 뭔가에 맹세를 하듯 자신의 가슴을 껴안으면서 중얼거렸다.

친한 친구인 앤드리가 울면서 걱정스러운 듯 그녀의 팔꿈치를 어루만졌다.

"자, 가자꾸나, 줄리. 빨리 집에 돌아가는 게 좋아."

그러나 줄리는 그것에는 대답하지 않고 다른 말을 했다.

"아까 그 자동차에 몇 사람이 탔었지?"

"다섯 사람인 것 같은데……."

"그래. 내가 본 것도 똑같아. 분명히 다섯 사람이었어. 그리고 차 번호를 기억하니? 앤드리."
"몰라."
"난 봤어. D3827이었어. 난 한 가지도 잊어버리지 않겠어!"

허망한 복수

닉 킬린의 아내 줄리의 고백을 다 듣고 나서 웽거 형사는 엄숙하고 무거운 어조로 말했다.
"당신은 훌륭하게 남편의 원수를 갚았다고 생각할는지는 모르지만, 실은 그렇지가 않소. 당신은 복수하겠다고 죄 없는 사람을 넷이나 함부로 죽이고 만 거요!
무슨 말인지 알겠소? 그날 블리스, 미첼, 퍼거슨, 모란, 홈스—이 다섯 사람이 술에 취해 자동차를 몰고 왔을 때, 교회의 바로 맞은편에 있는 아파트 1층의 창문에서 한 남자가 권총을 겨누고 킬린이 교회에서 나오기를 기다리고 있었던 거요.
그가 어떤 이유로 킬린이 교회에 들어가기 전에 쏘지 않았는지는 모릅니다. 킬린이 타고 온 택시가 방해됐는지도 모르고, 그의 주위에 많은 사람들이 있었기 때문이었는지도 모릅니다……"
웽거의 이야기는 그 현장을 생생하게 묘사하듯이 막힘이 없었다.
"범인이 권총을 장전하고 킬린을 겨냥해서 방아쇠에 손가락을 걸었을 때, 바로 그 자동차가 끔찍한 속도로 돌진해 왔소. 그러나 발사된 탄환은 자동차의 낮은 지붕 너머로 목표물에 정확히 명중

했던 거요.

이렇게 아슬아슬한 곡예는 사실 하고 싶어도 할 수 없는 거죠. 당신의 남편은 상당히 운이 없었던 거요. 게다가, 불이 켜져 있지 않은 아파트 창문에 자동차 엔진에서 나온 빛이 반사되었다는 것도, 총구의 발화를 감춰주는 게 되어 범인 쪽에서 보면 더없이 운이 좋았던 겁니다."

그러나 그런 이야기를 들려줘도 줄리는 납득이 가지 않는 모양이었다.

웽거는 계속해서 말했다.

"나중에 조사해 보니, 아파트의 그 방 창문 커튼이 화약으로 눌어 있었소. 그 바로 윗방에 살고 있던 사람도 분명히 한 발의 총성을 들었다고 하고, 마루 판자의 갈라진 틈에서 빈 탄피도 발견됐소. 킬린의 봄에서 나온 반환과 똑같은 구경의 탄피였소.

요컨대, 당신의 남편이 어떤 식으로 살해당했는지는 당시 이미 경찰에서는 알고 있었기 때문에, 그런 연유로 폭주 자동차 쪽은 추적하지도 않았던 겁니다. 다만 알 수 없었던 것은 범인뿐이었는데, 그것도 드디어 최근에 와서야 알아낼 수가 있었소.

범인이 누구인지 알고 싶지 않은가요? 이름만이라도 듣고 싶지 않으냐고요?"

"그런 기막히도록 정교하게 꾸며낸 얘기로 날 속이려 해도 소용없습니다!"

줄리는 못 믿겠다는 듯이 말하고, 동시에 코너로 몰린 듯한 한숨을 몰아쉬었다.

"흠, 당신이 아직 믿지 못하는 것도 무리는 아니오. 그렇지만 증거가 완벽하게 갖춰져 있소. 과학적으로나, 또한 문서상으로도······. 그것은 이를테면 범인이 서명한 진술서란 말이오. 내 호주머니에 그 사본이 있소. 그리고 수사본부에 가면 그 범인의 얼굴을 볼 수가 있소. 당신도 본 기억이 있는 얼굴이지."

줄리의 얼굴에 의혹과 공포의 그림자가 스쳐 지나갔다.

"누굽니까, 그 범인이란······?"

"코리요."

"예에!"

"당신도 손에 들었던 적이 있는 권총으로 코리는 당신 남편을 사살한 거요. 그는 그 권총에서 당신의 지문을 검출해 달라면서 뻔뻔스럽게도 내게 건네주었소. 그런데 감식과로 심부름을 보낸 경관이 풋내기인데다 변변치 못한 친구였기 때문에, 지문계로 넘겨줘야 할 물건을 총기계로 넘기고 만 겁니다.

그래서 그것이 뜻밖의 공적을 세우게 됐죠. 따라서, 덕분에 킬린의 몸에 박혔던 탄환의 흠집과 딱 맞는 흠집이 그 권총에도 나 있었다는 걸 알아낸 겁니다. 부탁하지 않았는데 총기계에서 면밀하게 조사해 준 결과죠······."

웽거는 처음으로 살짝 웃었다.

"코리로서는 그 사건 뒤 상당히 세월이 흘렀고, 또 허가증도 가지고 있었기 때문에 권총 문제는 별로 신경을 쓰지 않았을 테죠. 애는 좀 먹었지만, 결국 그는 모든 것을 자백하고 말았소.

그동안 난 내 독자적인 추리를 가지고 혼자서 꾸준히 조사하러 다녔죠. 그리고 도서관의 옛날 신문 속에서 마침내 그 금요일의 기사를 발견했던 거요."

줄리는 풀이 죽어 고개를 떨어뜨리며 훌쩍훌쩍 울기 시작했다.

한참이 지나서 울음을 그친 뒤, 그녀는 얼굴을 들고 오히려 애원을 하듯 웽거에게 말했다.

"왜 그 남자……, 코리는 그런 짓을 한 걸까요? 그 이유를 꼭 듣고 싶습니다! 난 이제 당신을 믿어요."

"고맙소. 즉, 코리와 닉 킬린은 함께 일을 했었죠. 벌이가 꽤 괜찮았나 본데, 자세한 것은 이 진술서를 읽으면 알 수 있을 겁니다."

웽거가 대답했다.

"그 얘기는 나도 닉한테 들어서 압니다. 그런 위험한 일은 그만두라고 내가 부탁했답니다. 그는 오랫동안 방황한 뒤, 그렇게 하기로 결심했지요. 나를 사랑하기 때문이라고 생각했어요……. 그러고 나서 그는 갑자기 주소를 바꿨어요. 우리는 아무도 눈치 채지 못하도록 조심하면서 만났죠. 하지만, 한편으로는 경찰한테 의뢰해서 보호를 요청할까 하고도……."

"무서운 폭력 세계에서 간단히 발을 뺄 수 있다고 여겼던 게 처음부터 실수였소. 코리와 당신 남편은 끊으려야 끊을 수 없는 밀접한 관계를 맺고 있었던 겁니다. 그러나 코리는 당신에 관한 것은 끝까지 몰랐었소. 당신이 그를 몰랐던 것과 마찬가지로."

줄리는 아무 말도 하지 않았다. 웽거의 이야기를 듣고 있는 기색도 없었다.

"그렇지, 킬린의 장례식 때 그 녀석은 조화를 보내긴 했었소. 물론 당신은 그런 것까진 기억하지 못하겠지만……. 자신이 상대를 죽여 놓고도 폭력배의 의리인지 뭔지는 모르겠소만, 아무튼 코리라는 자는 철저한 철면피 같은 남자였던 거요……."

그렇게 말하고 웽거는 천천히 일어서서 줄리의 떨고 있는 손목에 철컥하고 수갑을 채웠다.

작가와 작품에 대하여

《검은 옷의 신부》의 작가 윌리엄 아이리시는 미국이 낳은 세계적인 천재 추리작가이며, 본명은 코넬 울리치이다. 영국이 애거서 크리스티를 자랑하면, 미국은 이 윌리엄 아이리시를 내세운다.

울리치는 1903년에 태어나 1968년 65세로 일생을 마쳤는데, 소설을 쓰기 시작한 것은 20세부터이다. 콜롬비아 대학에 다닐 때 대학의 소설 현상 모집에서 1등으로 당선되고, 그 작품은 파라마운트 영화사에서 영화로 만들었다.

이때 받은 상금이며 원고료 등을 울리치는 환상의 도시 파리로 놀러 가서 몽땅 탕진해 버리고 만 것으로 보아 대단히 특이한 청년이었던 것 같다. 그러나 그런 남다른 체험이 오히려 그가 작가로서 성장하는 데 도움이 되어 좋은 작품을 쓸 수 있는 밑거름이 된 것 같다.

울리치는 30세를 넘어서면서 추리소설을 쓰기 시작했다. 그리고 1940년, 윌리엄 아이리시라는 필명으로 발표한 이 《검은 옷의 신부》가 상당한 호평을 받아 추리작가로서 흔들리지 않는 지위를 굳히게 된 것이다.

분명히 《검은 옷의 신부》는 수수께끼 같은 흥미, 서스펜스, 의외성 등 추리소설의 조건을 완전히 갖추고 있다. 줄리라는 여자가 복수를 위해서 차례차례로 교묘한 트릭을 써서 살인을 범해 가는 줄거리가 독자들을 꼼짝 못하게 사로잡는다.

울리치의 독특한 문장체는 이런 내용을 다루는데 아주 적합하다고 정평이 나 있으며, 사건의 정교한 묘사 구석구석에는 어딘가 달콤하고 쓸쓸한 애수가 흐르고 있다. 젊은 독자들을 끄는 것도 바로 이 점에 있는 것이리라.

《검은 옷의 신부》가 발표된 2년 뒤인 1942년에 《환상의 여인》이 발표되었다. 이것도 훌륭한 걸작으로서, 울리치는 일약 30대에 추리소설의 대가로 불리게끔 되었다. 이 시기에는 그 밖에도 걸작인 《새벽의 추적》 등이 계속 발표되어 황금기를 맞이하게 되었다.

그러나 그 뒤에는 어떻게 된 일인지 울리치는 이렇다 할 창작활동도 하지 않고, 독신으로 나이 많은 어머니와 뉴욕의 한 아파트에서 조용히 살면서 오랜 침묵의 시기가 계속되었다. 그러다가 어머니가 돌아가시고 나자, 그것이 계기라도 된 듯이 그는 또다시 작품 활동을 시작했다. 그중에서도 5편의 단편으로 된 연작 《성 안셀름 932호》가 가장 뛰어난 것이라고 평가되고 있다.

—한국추리작가협회 회장 이가형—

검은 옷의 신부

1987년 01월 25일 초판 1쇄 발행
2009년 09월 15일 2판 1쇄 펴냄

지은이 I 윌리엄 아이리시
옮긴이 I 한국추리작가협회

펴낸곳 I 해문출판사
펴낸이 I 이경선
등록 I 1978. 1. 28. 제 3-82호
주소 I 서울시 마포구 합정동 392-2 써니힐 202호
전화 I 02) 325-4721

ISBN 978-89-382-0508-7(04840)
ISBN 978-89-382-0500-1(세트)

※ 잘못된 책은 본사나 구입하신 서점에서 바꾸어 드립니다.